深圳市优秀学生社团创建项目资助经费扶持项目
深圳亚迪学校社团课程提升项目

小人物

顾启淋 著

作家出版社

其实人跟树是一样的，越是向往高处的阳光，它的根就越要伸向黑暗的地底。

——尼采

目 录

南方

故乡

南方

寻工记
爱情素描
小人物
南飞雁
南方南
南方的钟声
喊魂
生死场
一条狗的使命
我十八岁那年

寻工记

一

南方繁华的气息漫溢在空气中，炊烟一般蜿蜒飘散侵袭至水庄。水庄这一巨大而安静的水塘开始躁动不安。趁着夜色，水庄的年轻人踏上铺向城市的路，悄然离去。夜的水庄，轻快的脚步声又如期而至。父亲坐在夜色中，吸着旱烟，一闪一闪的烟火传递着父亲欲言又止的话语。我在房间静静地拾掇着即将出发的行李。一个廉价的皮箱，简单的几件衣裳，外加几本发黄的书，便是我闯荡的所有资本。父亲尽最后的努力挽留，意欲留我扎根水庄。我认为水庄已经无法装下自己，目无一切地朝父亲丢下一句：才不想像你一样在这里面朝黄土背朝天地生活一辈子。父亲一时语塞。我拖着行李，径直地向南方进发。

黑夜中的绿皮火车发出最后一声叹息，停靠在泰和站，人群开始骚动，检票员来不及撕开票的一个口子，拥挤的人群就冲开了通往列车的栅栏，朝着火车拥去。南方像一块磁铁攫住了每一个人的心。列车匍匐在轨道上呼啸着飞一般奔入苍茫的黑幕中。我蜷缩在列车的过道里臆想着打工的美妙生活，座位的最下方逼仄的空间里挤满了一个个做着南方美梦的人，而座位上的人群正三三两两地拥簇在一起轻松地观看城市的泡沫剧，广播里不时传来卧铺车厢补票的声音，我以匍匐的姿势占据着过道这狭窄的空间。每每即将沉睡的我，都会被来回穿梭的列车上的售货小车给惊醒。本就拥挤的空间显得更加狭窄，封闭的绿皮铁箱里，空气中弥漫着腥臭的气息。

黎明的晨光褪去夜黝黑的衣裳，奔袭一夜的列车吐出最后一声呐喊，抵达平湖站。焦急的人群，带着南方的气息，从一扇扇门中奔涌而出，就像从蚁穴中不断拥出的蚂蚁。一列列火车，从四面八方装载着一群群拥有南方梦的人连夜袭来，涌动的人群汇合，拥挤着缓缓地通过火车站的最后通道，抵达这个具有春天故事的城市。

穿过平湖高架桥，火车站渐行渐远，水庄的影子也渐渐模糊，城市的高楼规规矩矩地立在道路的两旁，一块块广告牌打着城市的名片有序地镶嵌在楼房上。我在人才市场旁一晚十五元的旅店住下。打开房间，一股霉味扑鼻而来，屋内陈列着一张简易且略显沧桑的铁架床，一只在此过夜的老鼠瞬间逃窜，日光灯发出间歇闪烁的白光，墙上张贴着半身赤裸的美女海报正散发着诱人的眼神，这里将记录我寻工的点点滴滴。

楼下，到处是五元一餐的手推式快餐车，老板的叫卖声唤醒了沉睡的胃囊。我循声下楼，旁边的乞丐正神情幸福地享受着垃圾旁被人丢弃的剩饭，我一个趔趄踢飞了他旁边的一个快餐盒，乞丐投来愤怒的目光。我逃也似的快步走开，对于他而言，毕竟我是一个闯入者。我也将依靠这些移动的快餐车来度过一日三餐。晨起的人们手拿简历，狼吞虎咽地吃完快餐，就直奔人才市场。

奔袭一夜，来不及小憩，我夹着简历，也快步跨入人才市场，这里飘散着浓郁的漂泊气息。臃肿而又喧闹，失望与希望并存，列车上充满憧憬的神情，在这里被现实击垮。我拿着这张救命稻草似的单薄的简历，站在来往的人群中，愣愣地发呆。旁边的垃圾桶内厚厚的简历正瞪着大大的眼睛张望着我手中瘦削的纸张。我无法知晓，只有百来字的简历，能否换取到这座城市一个称心如意的岗位。我才发现十几年的求学生涯，最终落下来的就这潦潦草草的百来字。我更无法知晓，这一生下来还可能积攒多少个百来字。

旁边一个稚嫩的姑娘正独自在市场逼仄的角落里啜泣着，听说她已经在此找工作三个月了，至今没有着落，给人才市场的押金迟迟未退，房租与饭钱也岌岌可危了，折返的路费更不敢奢想。忙碌而喧嚣的大厅里，在明天的面包不知道在哪里的人群里，没有谁会去关注一个与自己毫不相干的人。每个人都憧憬着这座城市未来将回馈的美好生活。忧伤突然莫名地涌上我的心尖，水庄从记忆的河流里浮了上来。我惶恐，如此境地也许是我未来的预演。倏忽间，折返水庄的路如此清晰地呈现在我的眼前。逃离—— 一念闪过，我抬起头，阳光依然照在人才市场的那块文字不断滚动的屏幕上，一个个只带着薪资的岗位像兴奋剂般注入每一个人的内心，而岗位的众多其他信息被隐匿在屏幕的背后。它们像一张张网，网住每一个寻工的人。门前的面包车，一车一车地装着试工者向他们想要的工作进发。市场的月卡是城市对我寻工逗留的通牒，押金就像一张卖身契，紧紧地被对方攥着。

口袋里浸着父母汗水味道的几张大钞，瞬间被城市的气息所包裹着。一张张弥漫故乡气味的大钞随着时间的推移，它们也将沾满城市的习气，最后完全褪去水庄的影子，消失在茫茫的城市里，一张张散落出去。不知它们在经历多少轮回后，是否还能再次流转到我的手中，就算能，我也再无法辨认那故乡的钞票。手里这张二百元换来的月卡，早已充满了漂泊的气息。

手握着描绘这座城市交通命脉的地图，一条条犹如血管的道路铺就在纸上，有多少人迷失在这个迷宫里。只为消耗金钱的速度缓慢些，那移动的冷漠的铁盒子成为我出行最为中意的工具。手里捏着那张人才市场写下的招工信息，就像握有一个惊天的秘密，生怕被人窥见。开往坪地的M276汽车里，冷气凉得吓人，我不禁想起电影里医生抽出冻尸柜时那飘散的冷气，一种阴森恐怖的气息顿时涌向全身。来回走动的售票员嘴里不停叫喊着“上车的请及时购票，逃票罚十”，像警笛一样一遍一遍不厌其烦地重复着。我不停地询问着心中的那个位置，最终惹怒了她。她用我听不懂的粤语凶神恶煞地对我大骂一通。几位倚靠门口的满身污泥的农民工示意到站喊我，从他们的身上，我闻到了故乡独有的气息。

汽车紧闭的闸门哐当一声打开，稀稀疏疏的人群望着毒辣的阳光胆怯地步入其间，一股热流从四面八方袭来，瞬间吞噬方才包裹全身的冷气。忽冷忽热，就像这座城市一样。头戴白色遮阳帽的阿姨，正汗流浃背地在马路旁清扫着被随意丢弃的各种垃圾；轰鸣的搅拌机旁，裸露着黝黑上半身的农民工对抗阳光挥洒着汗水；路边小店透明的塑料门帘后是一派凉爽的天地，老板正跷着二郎腿，望着门口那群满身污泥的农民工，脸上堆满幸福的笑意。一座城市的生存法则不言而喻地横亘在寻工的道路上。

美好电器大门口不苟言笑的保安对我一番盘查后放行，门后被链条拴着的狼狗警惕地起身，意欲阻拦我的步伐，它的眼神让我战栗。我快速步入富丽堂皇的大厅。长长的前台，还有那款款而来的皮肤白皙的前台美女，这一切仿若烙上了城市的名片。还未剥离水庄印记的我，自卑、胆怯、羞涩浮在脸上。递上简历，表明来意，对方彬彬有礼而落落大方地侃侃而谈，一道道风扇组装的工序从她嘴里快速地奔流而出，构筑出一个美好的未来。二十元的面试答题费暗示着一座城市与金钱的秘密勾结。几近苛刻的职位要求，还有那大闷炉似的厂房，却能吸引成群的寻工者。望着手中那张充满希望的小纸片，再看看地上随意丢弃的无数张写满相同信息的纸张，有种恍若被骗的滋味。看似简易的题目下却暗藏着一个个文字的陷阱，跳下去，就将被这座城市所抛弃、所掩埋。我无法知晓，在这座城市的道路上，有多少圈套铺设在前方，而唯一的出路是义无反顾地前行。写下那叩开晋级大门的答案，满怀期待地呈送，换取的却是面试官一句硬邦邦的冰冷的等待通知。悲凉瞬间升腾而起，有种愤怒的冲动。可是人为刀俎，我没有任何资格过多地去责问。天空布满的乌云，彰显了这座城市的变化无常，面对面试官的等待通知也就泰然处之了。

雨来得突然，行人逃也似的奔走，小店门口的农民工依然不紧不慢地挥动着铁锹，仿佛要砸开一个新的天地。还未参透城市脾气的我，索性慢慢行走在雨中，大声喊叫着，宣泄郁积于心的屈辱。飞驰而过的汽车溅起的水花扑上我的胸膛，公共汽车内的人群好奇地张望着这个在雨中呼喊的我。我疲惫的身躯急需床的支撑。

二

一路的颠簸，租屋是我在城市的归宿，褪去所有的衣物，我像一尾鱼，倒床便睡，仿佛躺在水庄的怀里。我看见自己奔走在水庄的田埂上，手不停地拽起一把一把青青的鱼草，撒在鱼塘里，鱼儿像饿了一个世纪，争先恐后地细声吞噬着根根嫩草。突然大雨倾盆，我无处可逃，一路淋着雨回到了家。母亲细心地帮我更换衣物，以防着凉。倏地，母亲不见了，我置身于茫茫的雨海中，狂奔着就是找不着归家的路。城市清晨独有的喧嚣，将我从滂沱大雨中拯救了回来。全身酸痛，身躯滚烫，显然我又跌入残酷的现实中。我颤颤巍巍地爬起，踢倒了放置在地上的水杯，水溢了一地，踏入的脚印瞬间被水填满。我无助地望着这空空的房间，律动的心跳声填满房间，透过逼仄的空间将思念送抵水庄。

下楼，走廊里的乞丐正做着甜甜的城市美梦，不知道他在没有任何亲人的照顾下如何战胜一个个难缠的病魔。病是城市以独样的方式来检验一个漂泊者最基本的入城资格，它无声地传递着一个城市的法则：你受的所有的苦将会照亮你前进的道路。孤独、无助如影随形，没有退路，没有后援，孤身一人破城。如果过不了这一关，弹尽粮绝之时，城市将毫不迟疑地将你抛弃。

喧嚣，兴奋，失望，颓废，沮丧，汗臭，扭缠在一起，犹如白昼与黑夜，漫开在大厅内。心慈的刘经理望见萎靡的我，低声询问的话语，让我洞见潜藏在这座喧嚣的城市最深处的温情。

而骤然升起的暖意，在随后的遭遇下，猛然跌至冰点。

手里攥着的面试字条，像指南针般指向坪山。我的心早已奔往单位的大门，却无法确知目的地的距离，一招手，只见热情的摩的司机带着几丝诡异的笑，举起两个手指头，含糊的价格潜藏在手指中。水庄给予的善意让我毫无防备之心，满怀欣喜之色，以为找到抵达目的地的捷径。一路疾驰中，猛然察觉他正南辕北辙地拉着我往坪地狂奔。无数个恐怖的念头在我心中闪过，恐惧涌向全身。我愤怒的呐喊声击打在他的耳旁，摩的司机掉头，一路无语，送至龙岗的天桥下方。我跳下摩的，猛然回头，几个彪形大汉从天桥阴暗的角落里凶神恶煞地向我走来。我这才明白，原来自己逃过一个圈套，又掉入一个陷阱。他们像狩猎的狮群，将我团团围住。路过的M279有意放慢了车速，车内一双双眼睛掠过此情此景，又各自收回，我成为他们枯燥都市生活的一道风景。我以为的救命稻草擦身而过。我突然轻松了，既然是这座城要让我经历的，那就来吧，有种视死如归的豪迈。他们大胆地把自己的脏手伸入我的口袋，肆无忌惮地翻动着我的皮包，更为可笑的是，其中一人居然手握匕首在我面前恐吓似的比画着，道路前方的几个人远远地望见我求救的眼神却掉头离去。

噩梦般的遭遇后，身无分文的我，毫无底气地搭上前往坪山的汽车。汽车上，售票员不断重复催促购票的话语，击打着我忐忑的心，直到她高傲地走到我面前时，我佯装着询问坪地去向，她立刻热情地以一个老城市人的姿态告知我，方向弄反了，并细心地指明路线，连票钱也不忍心收取。车停，我怀着愧疚的心下车。我的目的地到了，没有花费一分钱。

看着坐在候试室的众多寻工者，我已无意挂念是否会被录用。看着他们放在桌子上的那一沓沓厚厚的代表过去的资料，我那干瘪苍白的纸张就像是对我的一种嘲讽。他们轻声细语地交谈着，显得如此的轻松与自然。可见他们在这个行业里，已经互相熟悉，只不过是图个新鲜，彼此交换个环境而已。我初来乍到，没有人脉，没有人缘，就像第一次和水庄相连一般，我第一次和这个城市、和这个行业相连。我起身，与前一个面试者擦肩而过，对方礼貌性的微笑与点头，在如此陌生而充满竞争的境地里融化了我紧张的心。走进面试厅，红木色的圆形会议桌前坐着三个面无表情的面试官。我坐在了对面唯一的一把椅子上，面试官陈老师望了我一眼，和善地一番自我介绍后，让我说说自己的长处与不足。历经此番险情后，我倾诉了自己这些天的遭遇与感受，陈老师一脸安静地倾听着我的故事，透过他平静的脸，我似乎望见故乡和善的老者。一个个的提问，一层层的面试，做教案，结局和之前的面试雷同。我坦然地离去，没有寄予任何希望地走出了校门。内心却十分舒坦，因为在偌大的城市里，也有人聆听了我的故事，与我一同分享了我的遭遇。

返回租屋，感念母亲的心细，翻出压在箱缝的最后的钱款，继续奔波。

三

几周奔走，寻工就是不断地重复着相同的动作：领取字条，抵达目的地，面试，等待通知。一次次的面试，一次次的等待，身心俱疲。我开始心疼这些熏染故乡气息的钞票。我所停留的时间全在它们的掌控之下。它们有序地逃离，日渐干瘪的口袋时时警醒着流浪的我。无心期待曾经走过的路会传来收获的消息——上工方能在这座城市立足。兜里的人民币已不给我任何挑选的时间，匆忙地选择了一家铁锅制造厂。

收拾行李告别这个暂时的落脚点，对面的租房已被警察拉起了警戒线。从单人的租屋抬出一具飘散臭味的年轻人的尸体。之前，这张脸还混迹于人才市场，听说前些天找到工作，报到的前一晚独饮后就再没有出过门。在这忙碌的城市里，没有谁会在乎你的存在。一个年轻的生命消失在了这个喧嚣而繁华的城市。楼下的乞丐面无表情地望着来往的人群，我拖着行李悄然离去。

打磨抛光部的机械轰鸣声，砂磨与铁碰撞迸发出的火花四溅，铁末在空中纷飞，一个个戴着面罩的工人各自忙碌着。这就是我即将劳作的地方。我垂涎于这个部门的高额工资，虽然以健康为代价。我戴上面罩，手握钢锅，细心地打磨着锅底，溅起的火花跌落在工衣上，一个个细小的孔呈现出来。身旁打磨的工友，如此邻近的距离，彼此都无法听清讲话。厂房巨大的挂钟成为唯一一个活动的信号传递者。我想如此下去，我一定会成为这些机械的一部分。夜晚，刺耳的轰鸣声仍然回旋在耳旁，钻进一个个梦中，铁仿若在血液中流淌，它已嵌入到我生命中的一个个缝隙中。河南老哥军辉宛若机械轰鸣的呼噜声响彻逼仄的宿舍。我蜷缩着身躯，辗转难眠，城市的路灯透过狭小的窗户照进房间，六张铁架床上，十二具从浸泡在铁器声里捞出来的身躯正在沉睡，与铁融为一体，做着铁的梦。休憩不是老板对员工的恩赐，因为他知道我们与铁有着巨大差别，沉睡是为了醒来更好地操持起铁的事业。

一个个铁锅码放在身旁，而我看到的是它们背后的人民币，一口锅一毛钱，一天下来我能不停地打磨百来口。旁边的四川人更是吓人，机器般生硬而快速地重复着打磨的动作，一口口锅越码越高，就像他心中在老家为儿子码起的婚房。或许他没有想到，这会成为他给自己码的冥房。为了钱，他连吃午饭、小憩的时间都被铁锅挤占着。大家安静地坐在满地的铁末上打个盹，河南老哥军辉最喜欢席铁而睡，他说这样舒坦，躺在铁上仿佛身心都放松了，富有节奏的呼噜声与四川人的打磨声遥相呼应。几近疯狂的四川人，沉浸在磨锅、站起、码锅的动作中。在铁味浓郁的厂房里与铁相拥打盹的工友们，早已习惯这样的声音催生的梦。

突然，铁锅坍塌的声音袭来，铁锅与磨砂亲吻的声音骤然停止，瞬间的安静在这本该喧闹的厂房预示着灾难的来临。被静惊醒，循声望去，四川人也仿佛变成了一口铁锅，正码在一个个铁锅的最下方，连影子也看不见。大家狂奔而去，当搬开一口口铁锅时，满脸铁色的他已经没有了生命的气息。死般的静与恐惧漫溢在整个车间。夜晚，四川人的床位空荡得只剩微弱的灯光。我在上铺望见窗外笔直的马路，就像看见自己垂直的未来。命比铁贱，四川人的婆姨抱着他的骨灰匣子，兜里揣着厂里赔的两万元，这就是他的一切。一个生命瞬间化作尘埃与那薄薄的一沓人间的纸钱。我陷入深深的惶恐与悲凉之中。整天度日如年，嘴上套着的防尘罩就像套牢命运的枷锁。车间喧嚣而嘈杂的声响就像生命的警钟，一个星期的时间，我就消瘦得颧骨突出，疲惫得两眼无光，看着飞旋的铁末，眼前一片空茫。

在“山重水复疑无路”之时，这座城市以它几近炫耀的姿态在我面前铺就了一条通向“柳暗花明又一村”的道路。陈老师通过人才市场联系到正在打磨车间煎熬着的我。他把我从这个嘈杂的车间里捞了出去。一时恍惚，在这座城市里，生活瞬息万变，它向你露出狰狞一面的同时，其实它背面就是和善而慈祥的另一部分。我满怀欣喜地期待着生活新的面孔。

（原载于《草原》2016.10）

爱情素描

一

很多年前，当我这个乡村的孩子为了生存流浪于这座城市的时候，我从未想过会拥有爱情这奢侈品。

记得大学一年级，当我提着蛇皮袋、穿着肘部打有小补丁的中学校服出现在报名处的时候，我没有想过从这所学校四年的生活中收获爱情。

大二，我常坐在学校一角的一棵瘦削的银杏树下发呆、思考、学习。爱情依然进入不了我思考的范围。课堂上，老师倒是常常念叨起这校园里唯一的一棵银杏树。我第一次看见这棵缺乏营养的银杏树的时候，内心涌起的伤感将我淹没。银杏让我领悟到了“同病相怜”这个痛彻心扉的词。我以为它会突然在哪天就死去。可是四年了，当我离开时，它依然瘦弱地在风中向我招手挥别。

四年的校园生活，每天早餐，两个两毛钱的花卷，一碗一毛钱的稀饭，中餐、晚餐各一块。就这样，我的师专时光将我正值青春年华的肉体啃食得瘦骨嶙峋。那时母亲为了凑齐那昂贵的大学费用，已经借到所有亲戚看见母亲就像望见马蜂一般逃窜。“穷”这个吓人的词深深地镌刻在我的内心。我已没有任何勇气向母亲索要额外的生活费用。偌大的校园，清早簌簌落叶的声音应和着我挥动扫把的声音，当同学们还在做着青春美梦的时候，我已经开始了勤工俭学的四年扫地生活。周末，即使风雨飘摇，我仍然坚持着几份家教的工作。我每周往返徒步二十里，为的就是省下那两块钱路费。大二的那年冬天，大雪收走地上所有的路，家教结束回校的路上，我掉进了一个大雪虚掩的水坑中，冰冷的水瞬间夺走我身体仅存的温暖，永新桥下那个常年乞讨的中年人将我拖了上来。我来不及道谢，就哆哆嗦嗦往学校赶去。每当累到病倒，我就想起家乡在稻田里没日没夜劳动的父母，想起母亲跪着祈求四爷借下的三百元。我内心涌动的血液早就将病魔打倒。我孤独而坚强地在这个校园里学习着。

毕业之际我才知道，在这四年的艰苦学习中，其实早就有一双眼睛深情地关注着我的一举一动，她叫刘丽，是我的同班同学。毕业那天，她塞给我满满一大袋的信件。她和我一样是一个内敛的人。她说每天听到宿舍楼下扫帚每一次触摸大地的声响，仿佛都扫在她的心尖。那富有节奏的声响如同光阴的脚步声，总是让她泪流满面。看着这些信件，我看到了这四年里的点滴苦难。我是一只寒冬里的刺猬，我承受不起爱情火焰的温暖，反而会刺伤对方。我也渴望爱情，但在贫苦面前，我毫不犹豫地选择了解决温饱的面包，放弃了甜美的爱情。我不想将任何人拉入我的苦海之中。当晚，打火机冒出的火焰将这充满苦难与爱意的信件付之一炬。火，灼伤了那个女孩对爱情美好的向往。在最后的光阴里，我伤害了一个爱我的女孩。虽心痛，但卑微的我没有选择爱情的权利。大学四年，我就这样经历了一段没有我参与而又与我有关的所谓爱情。

来不及心痛与悔恨，我又步入另外一个绝境。毕业典礼，肖校长那被扩音后的失真的声音砸碎了我最后的期盼。我坚守四年的唯一的救命稻草被无情地夺走。拖着陪伴四年的衣被回到这个一贫如洗的家中，我不敢吐露出一点没有分配的消息。我不想让本就匍匐于大地的父母陷入更深暗的境地，不想让他们在四年的坚守后得到的是失望。我告知父母，分配名额还有一年下放。

而我已决然地再次拖着那陈旧的衣被，去往南方。

二

南方，一个梦幻一样的地方，梦幻背后却是无比残酷的现实。

我才知道，在这座到处是工作机会的城市，一个大专文凭举步维艰。我没有经验，没有关系，也没有更多的钱来打通人脉。这么一个尴尬的专业，在这里除了教书，似乎没有别的行业可干。我壮着胆，去往一所所民办学校面试，得来的等待是那么的漫长。当父母用他们汗水收割的稻谷换来的那飘满故乡气息的七百块钱即将消耗殆尽的时候，我已没有太多的时间去选择了。我面试保安，人家说大材小用，不想毁了一个人民教师；面试防损员，说我身子骨太单薄了；面试一家单位的复印员，负责传送复印资料、打扫卫生、换装桶装水等，面试官告知我明天再来时，我似乎看到了工作的希望，可是等我第二天过去时，却被一个领导的亲戚替代了；我卑微到面试清洁工，毕竟我在那所院校里也扫了四年的地，可是面对我这种尴尬的文凭，他们最终还是没有录用我。这座包容的城市没有向我伸出友善之手。最后，人才市场向我推荐了谁都不肯去的铁锅制造工厂抛光打磨部。我知道那是要以健康为代价的。

机器巨大的轰鸣声，还有纷飞的铁末，我每天浸泡其中，度日如年。三点一线的生活贫寒而枯燥。领着微薄的薪水，回望故乡，父母正等着我来缓解家中的困境。每月领到的那染满铁色的千把块钞票，自留百十来块后，全部都寄回家中。我仿佛看到父母常皱着的眉头终于舒展开。

我在这个铁锅工厂整整待了两个月，却拥有我四年不曾经历过的青春感觉。

枯燥的生活、单调而孤寂的轰鸣声，缠绕着深陷其间的人。就在我工作的第二周，一个叫李秀的女孩闯入车间。她圆溜溜的眼睛，瓜子脸，短发，白皙的皮肤吹弹可破，那双会说话的眼睛像极了被我伤害的刘丽。机器巨大的响声吞噬了她温柔的声音，我只能看见她一张一合的嘴，却听不见她的话语。李秀以刘丽的方式出现在我面前。我瞬间跌落伤心记忆的河流，为自己那卑微的身份，卑微到不敢对高贵的爱情妄加触碰。李秀那温柔的手碰触我的瞬间，我才从刘丽的容颜中回到现实。她说抛光部车间主管在前台等我。原来李秀是公司的前台，我这个工作过两周的一线工人，连公司前台都没去过，内心涌起的爱意在卑微面前萎缩着。我担心起自己的工作来，不由暗暗细数着这两周来自己所犯过的错误。主管坐在沙发上，示意我坐下，李秀为我端来了一杯水，朝我微微一笑，就这一笑将我因贫穷而紧闭的爱情大门打开。主管看似随意地说着："小顾，你是我们车间唯一的一个大专生，难得！"李秀好像随意地朝我这边深情而惊讶地望了一眼，又低头忙自己的。夸赞的背后，我却感受到命运的凄凉。"好好干，这一周我和部长一起出去学习，你就暂代一下。"主管轻松地说道。命运的曙光是否就要照进我黑暗的人生？在此我无法掌控自己的命运。虽说是暂代，为什么不找别人，而偏偏选上我？这让我又对自己多读的那点书感到自豪了。我往前台看了过去，李秀正专注地接听着电话。那神情深深地把我迷住了。这是一种从未有过的感觉，在大学四年中，我对贫穷的关注远远地超越了对异性的关注，以至今天当我初次紧盯异性胸脯的时候，一种雄性的燥热才向我袭来。我已经感觉到爱情这东西的美好了。

为了能多看一眼李秀，我开始特意地绕道经过前台，再往车间走去。不爱打扮、不爱梳头的我，也尽量把自己打扮得帅气些，虽然夹杂着些穷酸的味道。中午小憩的半个小时，我也故意往前台大厅打水去，虽然车间有。一周过去了，我却没有勇气约过她一次。爱恋与日俱增，我开始不停地写信，写完却又不敢寄出，放在床下的箱底。突然我想起了刘丽，想起了她给我的信，伤感侵袭我火热的心。我总是会特意出现在有李秀的地方，然后偷偷地瞟上几眼，注视着她的身材，无论她穿什么都觉得无比的漂亮。而她穿过的、用过的东西，甚至是喝过水的水杯，我都能牢牢地记住。有时在别的地方，看见与李秀相同的衣服，我就会想起李秀清秀的脸蛋。夜晚，躺在铁架床上，我已无数次臆想与她拥吻的幸福，练习如何约她出去散步的言语，幻想着牵着她白皙光滑带有幽香气息的玉手，漫步在城市林荫小路上，一直走向路的尽头……可是次日依然没有勇气做出任何与爱情有关的举动。

一个多月后，我被一所学校录用去教书，上工的最后一天，我依然没有勇气把信送出去，没有把爱意表达出来。终究我还是没有勇气去约见一个自己喜欢的女孩，在这个城市里，在我拖着行李离去时，我也没有勇气去告别、去告白，我害怕自己的告白遭受拒绝。暗恋念想破灭了。我就这样错过一个我爱的女孩。没有约会，没有真正的聊天，更没有拉手，以至我无法知晓对方对我的看法，我经历了一个我独自一人爱着的爱情。

黄昏，随着最后一声铃响，我的打磨生活就画上了一个圆满的句号。我拖着行李，静静地走出大门，暗淡的路灯下，远远望见褪去工服着装艳丽的李秀在老板暧昧的搀扶下扭着屁股坐进了奔驰，汽车发出一声城市浮躁的轰隆声，绝尘而去。我呆呆地注视着这座陌生的城市，往前走去。

三

南方的溽热弥漫了整座城市，夜晚到处是猫发情的叫喊声，我躺在床上辗转难眠。重复的日子，每一天就像是前一日复制过来似的，平静如水的从教生活里，吴月走进了我的生活。

那天，偌大的办公室只有我一人在批改着学生的作业，吴月匆忙地跑进办公室，走到我身旁，吃力地说着，让我帮她照看一下班级。看她脸部肌肉因疼痛而抽搐的样子，虽然彼此有些许的陌生，但我还是爽快地答应了。来到教室，我才回味起吴月来。她身材高挑略瘦，扎一个马尾辫，操一口粤语腔的普通话，平时在办公室说话大大咧咧，声音厚重有力。作为一个新来的老师，我很少融入他们的谈话中，对吴月的关注也不多。虽然渴望爱情，但是刚刚从教的我，将更多的热情投入到了工作中。而且面对城市，我一直都是很惧怕的，包括这里的女人，更何况她们都是有文化的女人。

下课的铃声响起，我步入办公室，看到吴月用热水袋捂着肚子，她的表情让我放下心来。我关切地问，哪里不舒服？旁边的女同事诡异的笑脸，让我脸上顿时火辣辣的。吴月的脸上也一抹红晕，我们彼此对望了一眼，就像两道闪电。面对就在一个办公室的女孩，我却如此的羞涩而含蓄，没有了在打磨厂时想看看李秀的激情与张扬，好像恋爱的前奏是一个地下而又私密的工作。

之后，我和吴月的交流也多了起来。我们常常一起探讨有关汉语的一些知识，有关学生的教育问题。她也常常带些水果到办公室，比如，她总是会多放一个桃子在我的桌子上。遇到一个不会的题目，她站在我旁边俯下身向我讨教时，她身上散发的那种女人独有的味道一下子就缠绕住我。那一头像瀑布一样垂下的头发，正轻轻地抚摸着我的左手。我迷迷糊糊地讲解着，一抬头，由于躬身的缘故，吴月衣领的开口处正对着我的目光。她不好意思又似不经意地伸手护了一下，我难堪中挟着青春的激动。而彼此却显得如此轻松。下班，她总是和我一道走出办公室，一路上她不停地说着些与孩子有关的趣事，而我充当着一个忠实的听众。食堂用餐时她也习惯于端着餐具向我靠拢，由于第一个月工资还未下发，我常常不吃早饭，所以中饭食欲特好，吃得特多。慢慢地，她会把她的饭往我碗里放。一开始我有些不习惯，后来我也主动地把她喜欢的菜夹到她的碗中。晚上，我们一起在办公室批改着作业，一起谈论的话题也渐渐地转向生活。

她向我谈起她的感情经历："我是两年前来到这所

学校的，之前是在平湖的一所学校上班。由于年轻，那里的校长喜欢我，上班时就找我到他办公室谈，要我做他的情人。我没有答应，在后来的工作中，校长处处刁难，有意为难我。”在说的过程中，我分明看到她躲闪的目光，我知道她是在期待我的回应。我依然如平常一样，静静地倾听着。她继续说着：“后来有一次教师节庆祝活动，饭后大家都去包间唱歌了，一直玩到夜深了，大家才纷纷返校。而他把我单独拉到他的车上。当时由于同事多，我也不好发作，就上去了。可是到了车上，他把我拉到一个无人的断头路边，那里灯光昏暗，只听见蟋蟀的叫声，还有夜风吹动旁边树木的声音。他从驾驶座上抱住我，手不停地乱摸，不停地吻我。我紧张极了，一个巴掌就扇了过去。他愣了，怒目圆睁地说，你个贱货，敢打我，你不想干了？我没有理会，打开车门，迈进了城市的夜色中。我不知道是如何走到学校的。第二天，我就递交了辞呈。第三天，我就拖着行李，漫无目的地走在城市的街道上。毕竟刚开学没多久，大部分学校中途是不招聘老师的。我就带着渺茫的希望，到处去找学校询问。一直问到现在这所学校，总算有了个着落。”那个晚上，我们聊到很晚。我看到一个女孩，在这个机器一样的城市陷入泥潭，那么无助。我想到自己，我才明白，在这座城市里，每一个漂泊者背后都拥有一个心酸的故事。

不久教学楼的灯熄灭了。办公室的灯也被我熄灭了。我走到她的身旁，她站了起来。我将她揽到怀里，那么自然。城市里两颗孤独而受伤的心靠在了一起。我用手拂去她脸颊上的泪，我本打算吻她一下，可是最终还是没有。我牵着她的手走下楼梯，我第一次拥抱女人，感受到女人身体的温热。第一次牵起女人的手，感受到一种美好的无形的享受流到我的手上。爱情原来来得如此的自然，你强求时，它在远方警惕地看着你，而不经意间，它就坠入你怀抱中。

爱情一旦在彼此心中发芽了，那疯长的态势什么都阻挡不了。我没有向吴月过多地说起我的感情，她也没有问过我。我不好意思提起刘丽和李秀。情人节的那天晚上，我和吴月一起漫步到宝安公园，在静静的公园里，我们依偎在一起，那晚，我吻了她。她薄薄的嘴唇，轻轻贴过，唇液的余热带着渴望向我奔来。我们彼此的心就这样在这最浪漫的时候打开了，在那之后，我们同居了。

在廉价的出租屋里，流淌着我青春的爱情。疲劳的教学后，灵魂与肉体的结合，让我们在城市里彼此取暖。我们形影不离，仿若整座城市就只剩彼此了。爱情的保鲜期慢慢临界，在这个过程中，我们谁都没有提起结婚，好像这样的爱情羞于谈婚论嫁。最终，我还是主动提出这个问题，获得的回答是：这样挺好的。慢慢地，有不少同事，通过招考，拿到了这座城市的编制，他们过着无忧无虑的生活。在这座城市，一旦你看到欲望，你就会不甘平凡。她也没日没夜地复习着无聊的教育学心理学。而我捧着一本本小说、一本本散文如痴如醉。偶尔我有文章见于报刊，拿到些许的稿费，也无法吸引她的目光。我知道，在城市里谁都在往上不断地攀爬。而我选择的路，让她看不到未来，在她眼里，文学是如此的虚无，它无法快速地在这座城市兑换成房子、兑换成汽车。她的努力，终于成功了。当她搬离出租屋时，一切已然结束。我们的爱情，没有任何一方提出结束，而是让时间代劳了。租屋里，我被一堆堆的书籍围绕着，文章一篇篇地从这里诞生，我们再也没有谁主动联系过对方，时间让我们彼此渐行渐远。

我也拖着一箱箱的书，离开了给予我爱情的地方。

四

我依然游离在体制之外。拿着简历和一些发表我文章的杂志，来到了一所高级私立学校，我很顺利地就被录用了。在这里，我几近疯狂地阅读、写作。

我的文学之路正式地向前铺开并不断地推进。有时看着一个个跳入编制的同事，我望着逼仄的房间，常常陷入挣扎的境地；浮躁、年轻人的傲气、心直口快，让身处钩心斗角职场的我，数次被暗箭射伤。我摸摸伤口，慢慢学会低下高贵的头颅。在这样躁动的岁月里，丽秀给我带来了独有的安静。丽秀是一个文质彬彬的女孩，我们是在一次文友聚会上认识的。我是一个相信缘分的人。我辜负了刘丽，错过了李秀，淡忘了吴月，可是爱情却给我送来了丽秀。她的名字那样秀气，同时背后也拥有深深的上帝的隐喻。能结识她，那是上帝对我的眷顾。我们彼此留下QQ号。

回去的当晚，我们在QQ上热聊着文学，聊着散文的未来，仿佛散文因为自己的到来，就要迎来新篇章。那股文人最初的豪气我们都有，好像就要写出惊天动地的大作。最后依依不舍的时候，QQ图标的那只企鹅跳动，我点击鼠标跳出了我同样想问出的相应的问题：你有女朋友吗？我快速地回复：没有。顺便捎上了我那句揣摩已久的话：那你有男朋友吗？她发来几个羞涩的表情，还配了一个“没”字。那晚，我睡得特别香。爱情来得如此之快。

每晚我们在QQ上都要聊一个多小时，时间在来往的文字间流逝，可是却永远无法表达完内心的意思。聊天的间隙，我会进入她的空间，打开一个个与她有关的照片与文字，一个女孩在城市的孤独与心酸静静地躺在网络空间的夹缝中。一篇篇心情的日志，诉说着她在这座城市的不易。苦难的河流从她的童年一直奔流到今天。她，一个女孩至今仍在与生活搏斗。她毫不忌讳地在他人面前暴露自己的卑微与苦难，让我对她有种别样的亲切感。我毫不犹豫地要了她的电话号码。

拿到她的电话号码后，我开始了新的攻势。每晚七点，我准时拨通她的电话，从童年到现在，从家乡到城市，我们无所不谈。她说："小时候读初中时，家里穷，我就会每天早早起来打些零工，帮助表姐家在校门口卖包子。"突然我的眼泪就流了出来，为她，也为我自己，我知道我们都是苦难河流中抗拒命运的强者。我心疼起她来。我说："你当时就不担心同学笑话你吗？"电话那头的她顿了一下，说："一开始时有所顾忌，可是当我看见自己的父母，看见自己的家，我就抛弃了所有的羞涩。我常常叫卖，甚至会想些新的花招吸引顾客，我也成了同学眼中的包子妹妹。表姐心肠好，其实她就是这样一直帮助我度过了艰难的初中生涯。"我静静地倾听着，我初中生活的画面一幕幕浮现出来。我说："我好羡慕你，有个好表姐。我小的时候，孤立无援，周末经常和母亲到处去采药，以补贴家用，我没有别的出路。"我们就这样聊着彼此的过去，时间一晃就是两个小时……煲了一个月的电话粥，彼此之间再没有什么秘密。我们的童年就像是被复制过一样，金灿灿的水稻，葱郁的山，一条条乡间的小路，还有小路上悠闲走着的牛。我一下子就被丽秀吸引了。

我用心写下一封封信，勇敢地寄给了在同一座城市的她。

丽秀：

我知道人的一生中会遇到很多的人，有的人来得匆匆，去得也匆匆；有的人去了或许一辈子都无缘再相见；有的人很早很早就来到你的生命中，却像落叶一般随风而走，只是你生命中的一个点缀；有的人姗姗来迟，从遥远的地方，迈着矫健的步伐，带着他的故事一直向你走来，直到出现在你的生命里。你就是一直向我走来的那个人。当你来到我身边时，望见你，聆听你的内心，我就知道一直在茫茫的人海中寻找着的那个人就是你。

而她也给我富有诗意的回应，让我找到“两情相悦”这个词在现实中的呈现。

两个月的时间，我们用QQ、电话、信件交流着，虽然都迫不及待地想见面，但我们都选择从心的沟通开始。

终于，我们第一次相约一起共度国庆长假。那天，她穿着漂亮的中式连衣裙，戴着一顶白色的遮阳帽，打一把小伞，远远向我走来。虽然彼此才第二次见面，可是我们的心早就有过无数的碰撞。我迎了上去，帮她撑起了小伞，碎步前行，就像一对历经岁月的情侣漫步在阳光中。七天里，我们一起去欢乐谷、去世界之窗。我流汗了，她帮我擦汗，渴了赶紧买水，像一个姐姐一样。她一上车就晕车，我搂着她，帮她轻轻地揉着太阳穴。她还是吐在了汽车上，引来乘客的骚动，我赶紧拿起扫把清扫。处理好，我回到座位，抱着她，告诉她其实这些地方我都去过，但是有你的陪伴，去哪儿都幸福。她靠在我的肩上，默默地流泪。

年底，丽秀主动邀请我去她家。列车深夜才到达信阳，下了车，走在寒冬的路灯下，当年在城市五彩的霓虹灯下流浪的心酸再次涌上心头。丽秀拖着行李走在前面，她就像是寒夜里远方引我前行的那盏路灯。继续前行，乡村的黑夜扑面而来，远远地就望见漆黑的乡间小路上一束闪烁的灯光向我们走来。我们的路从来都是如此，黑暗中总是会有那星星点点的光明驱走黑暗。看，丽秀的父亲早早就举着手电筒，在路边等着。走进房间，她的母亲正用勺子尝着刚炖好的鸡汤。我的心一下就被那浓浓的爱攫住了。

我也带着她来到了水庄，带着她走过水庄的每一个藏着我记忆的角落。我们向对方打开自己，以抵达彼此的心。

第二年，我们就走进了婚姻的殿堂。第三年，她给我生下了一个胖小子。

回望，结婚已七年了，这七年里，爱情就像一坛美酒，越来越醇香。

（原载于《大鹏文学》2018.03）

小人物

真正的救赎，并不是厮杀后的胜利，而是能在苦难之中找到生的力量和心的安宁。

——加缪

一、谢宽

那年，我还在一所民办学校教书，那里的孩子都是来自这座城市中底层的家庭。他们谦卑、善良、随和，当然也有底层人常有的狭隘。我们这些工作在这里的老师也是一样，浑身弥漫着底层的气息。来自底层的家长们把唯一的希望寄托在孩子身上，从他们焦急的眼神里我看见了自己父母亲的影子。

我以匍匐在地的姿势一心一意地做着自己的教育工

作，希望一步一个脚印，踏出一片属于自己的天地。

谢宽是我在此处共事的室友。谢宽五十来岁，鬓边有些许白发。每次看着他，我总会想起我的父亲。来自湖北襄樊的他，憨厚老实。在老师们眼里，谢宽是一个老好人。在民办学校，老师几乎是没有多少尊严可言的。校长是这所学校的创办者，他是这个学校的王，掌握了生杀大权。哪个老师表现不好，他可以立马让他卷铺盖走人。因而，所有老师，特别是上了年纪无处可去的老师，在校长面前总是显得战战兢兢，谦卑而谨慎。

一天中午，由于几个孩子在厕所抽烟，被值班的谢宽看见了，他象征性地说了几句。不承想，其中有个学生居然几步走上前来，照着老谢苍老的脸就是一巴掌。这突如其来的一巴掌让老谢有点不知所措，他怔怔地站在那里，恍如身处梦中一般。老谢一句话也没有说，捂着疼痛的脸默默地走开了。几个抽烟的孩子见状，愈是猖狂。他们吹着口哨，引来一大堆拥趸的尖叫声。当时德育主任就远远地在对面望着这里的一幕，但是他并没有上前阻止，而是默默地转身离去。同样是卑微者，稍微高人一等的人却更加冷漠。老谢在宿舍给我诉说着这些的时候，好像是在讲述一个与他无关的故事，如此冷静。当我义愤填膺时，他却一再劝我算了，别再添麻烦了。我知道他是在担心自己的工作，担心自己受处罚。他似乎忘却了自己才是真正的受害者，最终学校的做法十分反常，将老谢定为肇事者。他没有得到学校的安慰，反成了批评的对象，需要反省事件背后作为一名老师该如何管理学生。德育主任的那副嘴脸让人作呕，他与老板狼狈为奸，为的就是讨到并保住属于他自己的那口饭。那晚大会开到很晚，坐在我旁边的老谢一言不发，无法知晓他是愤怒还是倍感屈辱。混迹城市多年的他，早已学会低头，用沉默直面一切困难。年复一年，他在沉默中渐渐老去。

月底当他如数领到七百多块工资的时候，他居然满足地傻笑，这股傻劲显露出他对生活的知足。他偷偷地告诉我，那件事学校居然没有扣他一分钱。一股悲凉之感瞬间涌上我的心尖。为老谢，更是为自己。暗夜深处，我一遍又一遍地问着自己，质问着这残酷的现实里所发生的一切。是啊，作为这个城市的边缘人，老谢能怎么办？换作我，能怎么办？本就匍匐于城市底层爬行，不想连爬行的那份资格也被剥夺。

那晚，老谢买了几瓶啤酒和五块钱凉菜，盛邀我一起共饮。几杯下肚，他话开始多了起来。他说，他从来都不奢望城市的生活能露出笑脸。突然，他呜呜地哭了起来，一个五十岁的男人面对一个二十出头的小伙子哭了起来。我仿佛看见了漂泊于上海的父亲在繁华的外滩默默流泪的情景。生活的卑微者在孤独无助的城市，或许更多地选择用泪水给自己声援、呐喊。他抹了抹眼泪，举起瓶子咕咚喝了一大口。他说：“我是家中唯一一个每月能看到钱的人。我的两个孩子还在艰难地求学中，而我……”他顿了顿，饮了口酒，继续说道：“我本是体制内的老师，由于超生被学校开除了，家庭一下子陷入了泥潭之中。我才背井离乡，来到此处。由于年龄问题，很多学校在面试后就杳无音信了。”我突然明白老谢为什么会这样，也明白学校为什么会如此欺压一个敦厚的老师。命运本就是一个欺软怕硬的家伙。他哽咽着略带感激地说着这所学校抛出的橄榄枝成了他最后的救命稻草。想起自己如此雷同的卑微的命运，酒已在我的身体流淌，它卸去了我那沉重肉身的疲倦。透过狭小的窗，令人眩晕的霓虹灯给这座城市增添了几分神秘而高冷的色彩。其实，我根本无法认识这座城市本来的面目。那晚，老谢对我说了很多很多，我记住了那句：人生有千百种，人则无数种，做好自己，不卑不亢，不活在别人的世界。

而我所幻想的那个端着国家教书人的饭碗、持着教鞭的场景，终于还是破碎了。老谢与我不一样，至少他曾经是个有编制的人，而我的名字从未落入到体制内，那时我有种被母亲抛弃的感觉。望着一贫如洗的家，我欲哭无泪。我开始游离于这座城市。在苦难巨大的漩涡中，面对这般屈辱，老谢竟能如此从容。我想起了“文革”中，多少唾沫飞扬，多少抽脸的声音，而被辱者那一张张面孔除了惊恐外，更多的是坚强。

我离开那所学校后，老谢仍然留在那里。他害怕新的环境，害怕这座城里的人际关系。有好几次机会，我有意帮他，他都委婉地拒绝了。在我的记忆中，跟他共事的那些年，他从未和任何同事有过纠纷、争吵。离开后，我们断断续续通过几次电话。与他交往，我更多的是想到自己的父亲。在漂泊的城市彼此取暖，让脆弱的人心多些温情。一年后，有一次他告诉我，夜晚批改完作业后，走在台阶上，不小心滑了下去，脚扭伤了。本打算请几天假，可是想到每天仅有的那点工钱要被扣去，比扭伤脚还疼。我仿佛看见他拄着拐杖一瘸一拐地走在校园里，站在讲台上。他又讲起近段时间学校发生的一件大事："老板亲戚的班级，学生在课间追打的过程中，一个孩子摔了一跤，手骨折了。学校没有召开批评大会，在那一刻，所有的老师集体失声，就像事情从来没有发生一样。后来知道老板带着他的亲戚去了受伤孩子家，并送上了几千元的医药费，那对在饭店打杂的善良父母千恩万谢，还数落自己孩子的顽皮。"这对纯朴的家长带着故乡气息的教育方式，让我无法释怀。我无法想象，要是老谢的学生骨折，结果会怎样？无独有偶，想起不久前我现在这所学校的徐灿老师因为轻轻地拍打学生，被打学生家长知道后冲进教室对着正在上课的徐灿一顿暴打，看着蜷缩在教室角落里一脸恐慌的徐灿，孩子哭了起来。在旁边教学的我，静静地走进教室，搀扶起满身瘀青的徐灿。我没有告诉老谢这些。

三年后，我们见了一面。

那次，我刚去一所高级私立学校面试完，返程路过他的学校。我约他出来吃了个便饭。他言语更少了，岁月将他的棱角磨平了，丝丝白发如此打眼地立在黑发中。那天他没有流泪。我们喝了一斤白酒。老谢说，这三年来，除了课堂外，他就没有和谁说过像今天这么多的话。他像向时光倾诉故事般，把自己这三年的变故慢慢地低声地带着酒气倾倒而出。他告诉我，去年他的妻子在老家的镇上骑电动车时，把一辆从南方回乡的宝马给撞了，从车上下来的男人，把妻子打了一顿。妻子蜷缩着身子蹲在路边颤颤地发抖。男人跋扈的样子，让本就恐慌的妻子陷入更恐惧的境地。五千元的赔款，吓得妻子六神无主，不小心撞上了旁边疾驰而过的货车，当场离世。漂泊归乡的宝马男因索赔成为元凶。而当警察调取宝马车信息的时候，发现这车原来是男子租的。老谢归家，看着已是生死永隔的妻子时，他蹲坐在家中咒骂着苍天。我无法感同身受地去体会老谢当时的心情。而现在，我从他脸上看不到一丝丝向命运低头的痕迹。他平静地说着自己的两个女儿。她们在他回去处理完妻子后事时，就从高中辍学跟随他来到了深圳。现在在附近电子厂的流水线上没日没夜地忙碌着。最后目送微醉的他踏进校门，我转身离去。我不想再次走进那所学校。遥望一个五十多岁的人，颤颤巍巍地走进黑暗深处。

二、徐灿

在莞城这所私立学校，虽说待遇比老谢那边要好，档次要高一些，但是这里的暗箭太多。我那时还算用功，在学校委派参加的几次大型教学比赛中都勇夺第一，声名鹊起。不一样的是，这里的校长是老板聘任的，是个六十来岁的老太太，对我甚好。而徐灿就不怎么走运了，被家长暴打不说，同事的暗算也没什么了不起，关键是被领导盯上。

徐灿年龄和我相仿，二十出头，单身，有着俄罗斯人那样的高鼻梁，脸形像新疆人，脸色长期蜡黄，我总是担心他的肝有很严重的问题。他为人很讲义气。那天和老谢分手后，我迷迷糊糊地挤上公交一直坐到桂园站，一下车就吐了一地，摇摇晃晃地向学校走去，走到学校旁的草坪上就地一坐，躺下就呼呼大睡。坐在保安室的徐灿看见了，二话不说，背起我就往宿舍走去。其实，开始我跟他也没有多少交集，就是因为他被打时，我搀扶了一下，我们才开始走得近了。慢慢地，我知道他是来自广西梧州的一个贫苦家庭，父母膝下育有五子，家境可想而知。他大学的学费基本是自己边上学边打工挣的。我想起自己在师专冒着大雪从做家教的地方返回学校时跌落水坑的狼狈样；想起秋寒大家躲在被窝享受温暖时，而我却拿着扫把在大学校园的道路上来回清扫……同样的经历，让我对徐灿有种别样的情愫。徐灿也是快人快语、说话直来直去的人，从不拐弯抹角，看不惯的人和事，不管是不是领导，他的语言都会像利箭一样射出去，最后却被弹回的箭射伤数次。这学校的特色就是大大小小的领导基本都是女性，她们又都与小心眼结缘，有时手段比男人更狠更毒。徐灿就因小事得罪了学部的副主任。

那是开学的头一天，徐灿领着班级的孩子，一个个送上校车，就和我一同返回会议厅。会议一开始，因徐灿班的一个孩子没有上车，副主任就大声地训斥，以彰显自己仅有的那点权力。徐灿一时没有控制住自己，腾地站起来还击："我是和顾老师一起把孩子一个一个送上校车的，那学生可能自己下来了。"按道理，这也就是一般的说明，但是这女人特别会记仇。徐灿算是得罪副主任了。不过徐灿还是有点小才，字写得特别棒，数学课也上得挺好，学部主任很是欣赏，副主任暂时拿他没办法。可是第二学期，学部主任辞职返乡了，副主任被扶正了。徐灿黑沉着脸，心里明白他的好日子也就到头了。果真，一支支射向徐灿的暗箭充分说明了这个女人淤积的愤怒。中午午休铃声刚响起，她就站立在徐灿的班级门口，大声训斥着班里喧闹的孩子。我和徐灿正好走过来，我望了望自己的班级，孩子们也都还没进入午休状态，我赶紧挥手示意安静。安静下来的教室，传来主任训斥徐灿的声音。我摇头叹息，如此狭隘之心，这人走不远。

不定时检查作业教案是这所学校教学质量得到保证的根本。这理所当然也成为她又一个敲打徐灿的机会。她总是趁徐灿上课的间隙走到办公室，拿起徐灿的教案作业，一遍又一遍地翻着。她常常失望而归。可是有一次，作业上有一个错字被她发现了，她兴奋地拿走作业本，让我转告徐灿下课后到她办公室去一趟。我赶紧翻看孩子们的日记本，那错别字就像劣质米饭中的沙子，挑不完拣不尽。而徐灿教的是数学科目，这女人真会整事。徐灿夹着课本走到办公室刚坐下，不等我开口，主任就走了过来。她打开本子，指着那个张牙舞爪的错别字，毫不留情地说出几近恶毒的话。偌大的办公室，徐灿一声不吭，之前无数的遭遇已经让徐灿学会了低头。那晚我们躺在床上聊了很多。他说："我万万没有想到一切来得如此之快，人的心胸可以狭隘到如此境地。"我安慰道："或许她也不是针对你，你的本子里确实是有错字。"说完，我又觉得自己特别不真实。宿舍顿时安静下来，徐灿没有出声。我打开灯，发现徐灿躺在床上默默地流泪。我不知如何安慰他，望着灯光投射下自己黑暗的影子发呆。我关了灯，试探地说："要不，低个头，买点礼物什么的。"徐灿没有说话，但是我知道他是同意了。我才发现，自己是如何卑微地活在这个城市中的。教师节那天，徐灿买了些水果，水果下还藏了个二百元的红包，送到主任的宿舍。返回我们的宿舍后，徐灿告诉我，他走进主任宿舍正好撞见她独自坐在床边落着孤寂的泪。其实，我早就听说，她丈夫在外面跟一个年轻漂亮的女孩好上了。前不久她和丈夫离婚了，独自漂泊在莞城，正读小学的孩子寄养在她父母家。其实，我蛮同情她的。

那晚电视里正播放着广西洪涝的新闻，徐灿急忙给家里打电话，才知道新闻中报道的暴雨也殃及了他家。洪水将整栋房子淹没。他告诉我，这房子已经是第二次被淹，洪水过后墙简单刷一下，依然像往常一样入住。说着他落泪了。我买来几瓶酒、几包花生，与徐灿对饮，直到把自己喝醉了。我带着醉意告诉徐灿，既然你已经表达自己低头的意思，事情已经了结了，以后好好工作就是了。

我和徐灿以为事情应该就此罢了，毕竟她怎么说也是个领导吧。可是，我们太天真了。月底，徐灿再次爆发了。他从德育主任那儿知道自己班主任考评是优秀，可是发工资的时候却诡异地成了垫底的。德育主任和学部主任本就不和，冲动的徐灿成了炮灰。他站在走廊质问学部主任，并举起手机要向老板投诉，主任的脸上顿时惊恐万分。我远远地就能嗅到这个女人散发的恐惧。在饭碗面前，她害怕了，谁都会害怕。她怯怯地说出了自己篡改考级的事实。我看到一个真实的徐灿又回来了，他没有退让，高分贝的话语引来不少老师远远地围观。她说出一个牵强的理由：因为发现你班教室地板有垃圾。徐灿甩下她，就往办公室走来。我为徐灿担忧。

我始终想不明白这个女人，既然徐灿低头了，礼也送了，也就高抬贵手得了，但是她却不依不饶。考评暴露出这个女人的手段，一股风暴也来了，老师们私底下开始走动了。在恶面前，大家选择的是靠近并奉承着，以免殃及自己。送礼的送礼，投其所好的投其所好，方向模糊的这回也明确了自己的站队。其中一个老师在外面的租屋成了他们的窝点。周末那里麻将声传递着他们结帮拉派的“友好”讯息。我也送了不少礼。我为这所学校感到悲哀，更多的是为自己。徐灿算是真正跟她杠上了。他更加用心地去工作：教室被他装扮得花园似的，大家交口称赞；他自己参加的数学论文赛获得市大奖，家长口口相传；他教的孩子参加“希望杯”数学竞赛获得国家级奖项，这是学校开办以来的第一次。只要说到数学老师，家长们自然就想到徐灿。但期末评优秀教师时，从来就没有徐灿。那些教学水平明显没有徐灿高的老师，反而年年评优。而被评上的清一色都是学部主任的奉承者。一年下来，一个个小领导的岗位，比如级长、科组长，全被她不动声色地安排了她所认为的自己人。而上一任主任临走时提拔的副主任守着自己的岗位，大气不敢出。其实，这个副主任在教学方面倒是挺有能力的，也是蛮高傲的一个人，可是面对如此风气，她也选择了屈从。她们貌合神离地坐在办公室里，无从知晓彼此内心是怎样的。我从不参与她们的任何争斗，但是我传达了自己的臣服。

后来她依然不断地挑徐灿的不足，最后忍无可忍的徐灿选择了辞职。我小看徐灿了。那天他结完工资，我帮他搬出所有的行李，并放进了他早已叫好的出租车中。我正要挥手和他告别，他说忘拿自己的杯子了，我和他就一起直奔办公室。路过那个女人办公室，他停住了脚步，飞奔进去，搬起桌子上的书就往那个女人身上砸去。我惊呆了，愣在那儿。他冲到主任面前，一个巴掌扇在了她的脸上，红红的手掌印瞬间就浮了上来。她吓得连叫喊都来不及就被徐灿放倒在地，我赶紧去拉徐灿。徐灿最后还踢了她几脚，就向门口飞奔而去。我站在楼上看见他快速钻入车内，车发出仿佛淤积多年的快感的轰鸣，绝尘而去。我敢肯定，这是徐灿早已蓄谋的报复。我转身，副主任正把躲在角落里颤抖的主任扶起，我歉意地、假惺惺地关心了一下就走开了。在这座城市，这些被欺压得匍匐贴地的人，该如何面对来自同样匍匐前行的人的欺压？老谢选择了在沉默中灭亡，而徐灿选择了在沉默中爆发。

徐灿事件后，这位曾经跋扈、得意到忘记自己漂泊身份的女人，带着瘀青被老板炒了。那些曾经忠实的追随者，没有一个给她提行李，没有人给她送行。这座城市的残酷应当让她学会更多。一周后，徐灿在他一个做校长的老乡的学校上班了，由于能力突出，一个月后就被提拔为科组长。他兴奋地告诉我这些时，我把这位主任的遭遇告诉他，并送给他这一句话：人不管身处何处何职，要堂堂正正做人，做个大气的人，善待身边的人，这样才会有善终。更为重要的是，你要明白自己是谁。

学期结束，我所期待的好消息没有到来。我的耳畔依然响着那所私立学校金主任让我等待回复的话音。我携着失望拖起行李，离开了这所学校，在徐灿那儿暂住了一个假期。经徐灿老乡校长的举荐，我在徐灿附近翻身路的一所学校继续我的从教之路。

三、王治

莞城“翻身路”这个招人稀罕的名字，从字面上来看，正隐喻着我的从教之路。这些年，无论身处怎样的环境，我都默默努力着，希望凭借自己辛勤的汗水，让自己的命运华丽翻身。“翻身路”，简短的三个字，却暗含一种丰富的象征和隐喻。每天，无数人从翻身路上走过，却始终没有翻身，没有翻转自己卑微的命运。翻身路的小贩们在日复一日的起早贪黑里慢慢苍老。翻身路，翻身，说到底是人们内心深处对飞翔的一种渴望。这些年，我不停地更换环境，但是趋势是向上的。在贫困的泥淖里挣扎多年的我，渴望通过辛勤的汗水进行一场命运的翻身。

现在我所在的这所学校，无论是从环境还是待遇都算是这些年的最高点了。唯一遗憾的是，这里的中层基本都是女性。我又想起徐灿的遭遇来，一股戾气扑面袭来，使我不寒而栗。不过从面试我的这些领导来看，对我第一印象应该还是很好的。不过，有人的旮旯就有纷争，这是我闯荡多年明白的一个道理。开学第一周除了用心教学，其余的时间我用来静静地窥察这里的江湖。那段时间，我有意和任何领导都保持一个同等的距离。这些年的处世让我知晓，在不明敌情时轻举妄动稍不留神就会跌进争斗的漩涡。而眼尖的王治窥探出我的那点心机，拍了拍肩，邀请我痛饮几杯。他作为我的配班，在时间空间上接触也是再平常不过。不过我依然紧紧地封闭自己，谨言慎行。徐灿就是一个典型的案例，那时老师们一拨一拨地钩心斗角、唯利是图，一不留神就会被暗箭所伤。争名夺利的事就更是明里争暗里斗，拉帮结派，尔虞我诈，苍蝇大的荣誉也争得头破血流。老师这个行当，或许能在乎的也就这点虚名吧。我琢磨着这里看似水平如镜，但平静下潜藏着的可能是翻滚的巨浪。徐灿在我来此地时，就说过他的那句口头禅：有学校有老师的地方就有江湖。

那晚我电话告诉徐灿："有个叫王治的老师约我喝几杯，你赶紧的，过来一起。"徐灿半天不吭气，冒出句前后不搭的话："世界不会那么小吧？待会儿见。"接着，王治带我出了校门，就在翻身路的一个大排档坐下。远远地，徐灿大摇大摆地走来，看来他在那所学校混得是顺风顺水了。徐灿一眼就认出王治来："真是你个四眼狗，撩妹高手！以前扣老子球过瘾吧？也不和老子联系联系，近在咫尺啊！"王治不好意思地看看我，我一直认为他是个比较内敛的人。原来王治和徐灿是同届不同系的校友。出门在外失去联系的同学太多了，拿不准哪天一个偶然的机会就邂逅了。这下可好，几杯下肚，我们很快混成哥们儿了。王治说："这里帮派不少：江西帮，教导处李主任为首；东北帮，学部主任牵头，不过她已有七个月身孕了，听说产假要休上一年；湖北帮，副校长和德育主任共同经营；当然也有少数中间派的，比如我。""我这个拿着江西身份的人，你觉得该如何是好？"我看了看徐灿，徐灿没有发表意见。我知道徐灿在那所学校本就是投奔在他那老乡校长的麾下，肯定是隶属广西帮了。王治告诉我：“最好是教自己的学，哪个派系都不参与，哪个派系都不得罪。虽然如此看来，什么荣誉好处都不会落到咱头上，但是风暴也不会刮向咱。比如去年，为争一个区级的优秀教育工作者，派系之间明争暗斗。东北那孕妇把宝安区一个优秀教育工作者给了自己，在校门口年度优秀教师展示区，她是唯一一个拿着小荣誉的大领导。按常理，作为一个团队的领头羊，推出自己下属方为上策。当然她还是顾及了她东北派的人，展示区都是派系内的人。最后她却毁了自己的声誉。”

那晚，一向多话的徐灿却惜字如金。人活着其实更多的是争一口气罢了。我有个致命的弱点，就是一旦和谁混熟了，讲起话来口无遮拦，这有点像徐灿。王治是第一个直面我缺点的人。他说，话要说得恰到好处，跟领导不该说的、不能说的就得蒙混过去。他常常说我没有八〇后应有的沉稳。我方觉得王治这人很真诚。

王治英语功底十分了得。有回他在我班上上公开课。我站在后面听了一会儿，看着一个个英文单词如图画一般书写在黑板上，还有那纯美式的发音，就像在听好莱坞大片。课堂生动有趣，孩子们开心地参与他精心准备的一个个学习式游戏。其实一个老师优不优秀，课堂是最基本的考核标准。我也听过不少语文老师的课，实在不敢恭维。那照本宣科的模式，被教材牵引着走在那孤独的狭小的文本上，逐字逐句剖开，一大段一大段有脉动、有生命，注入作者情感与血液的文字，从头到尾被撕裂得遍体鳞伤。一篇篇极其灵动的文字被肢解得面目全非，其实你只要抓住每一篇文字的藤摇一摇，孩子们就能看见一个个瓜。可是这些老师亲自摘下瓜，仍然觉得不过瘾，还拿把刀把瓜切开展示出来。虽说是英语课，但是课堂还是相通的，王治看到的不仅仅是教材，他围绕着教材铺开去，孩子就能看到更广阔的天地。因我俩没有参与任何派系，应酬自然少，仿佛整个学校就剩我俩了。我们准时上班，准时上课，准时下班，也没有更多的时间与更多的人交往。王治成了我唯一的朋友。

其间，王治和一个湖南的语文老师好上了，很快就黏黏糊糊地在一起了。我所从教的这些学校，刚毕业的女老师确实不少，而且个个长得像从杂志上走下来的明星，看一眼都让你魂飞魄散，但是大都被派系内的老师给瓜分尽了。在如此严峻的条件下，王治能撩到这老师，难怪徐灿那天说他是撩妹高手。可是，在这个城市，陪你玩，陪你睡，陪你腻歪，也可能并不是你的爱情。王治这个情场老手不会不懂。随着年龄增长，这样的资本也在慢慢地减少。王治想趁机抓住青春最后的尾巴搏一把。那天，他偷偷告诉我："英语组刚来的那个女大学生，向我示好。我昨晚约她看电影，她居然答应了。”我忙问后来怎么样。他欲言又止，不过还是兴奋地说估计快了。我为王治担忧，他这是病急乱投医，还是游戏？他说现在的女孩子太现实了，找个过一辈子的难，那就来者不拒，省去一个个试的时间。我不知道他是如何同时应付两个女孩的。当王治分别和她们试探性地提出将来结婚的想法时，她们却不谋而合地反问出同样的问题：你有房吗？那点薪资在居高不下的房价面前显得如此不堪一击。爱情，我是没有过多地去奢望，所以我更多空闲的时间是花在码字上。

打那儿起，王治开始利用业余时间帮一些作家翻译散文、小说。文学翻译这个行当是一个新兴产业。我有不少散文被翻译成英文并发表在《莞城新闻》英文版上，几乎都是王治的功劳。每次拿到稿酬，我都会请王治出去喝两口。慢慢地，他自己也走上了写作之路，只不过跟我不同的是，他是英文写作。他的第一篇短篇小说《狂沙吹来》居然登在了美国《纽约时报》上，那天我们又喝了个天旋地转。

第二学期，我和王治基本是在码字状态下度过闲暇时间的。我用中文码字，王治用英文码字，拿到稿酬就小酌几口。王治时常熬夜写作，每次写着写着就凌晨两三点，第二天还照常上班。周末就更是玩命，常常通宵达旦。一学期很快就要过去了，算下来和王治也共事一年了。哪所学校其实都一样，每到学期结束时，忙得上厕所的时间都难挤出来。

也就在这时，那所一年前我面试过的贵族学校打电话来叫我去签合同。如此漫长的等待，幸好我这人没有换手机号的嗜好。那天，我宴请徐灿、王治。我们一直喝到凌晨一点。其实大家都看得开，出门在外一所一所学校地跳，明知是火坑却义无反顾，因我们看到的都是那一山高于一山的待遇。我们唯一的目的十分明确，就是在离开每一个地方的时候，带着的是卡里实实在在、满满的一串让自己有尊严地活着的数字。争斗、派系，在你离开的那刻，什么都灰飞烟灭，只有真挚的友情可以延续。

王治真心地为我高兴，我真诚地告诉他，等我稳定了一定也引荐他过去。谁知世事无常，命运的刺客总会突然亮出闪着寒光的刀剑。王治没有等来这一天。在忙碌的学期末，王治仍然熬夜写作，他已经明显地感到力不从心了，经常无缘无故地不想吃任何东西，就是吃也咽不下去。他告诉我，最近胸口老感觉闷闷的，还伴随间歇的隐痛，有时夜间痛从全身袭向胸口。他说他昨晚痛得从床上翻下地，就像有无数只毒蝎同时蜇咬他的肝脏。有种不祥的预感笼罩在我心头，但是我只字未提，只是让他赶紧去做个检查。从医院回来，他像换了个人似的，感觉一瞬间就苍老了许多。脸也好像在一天里就变黄了，像涂了层黄黄的消毒水一样。这种黄和徐灿的黄有着明显的区别。这是嫩叶被疾病侵袭后的黄。我看到他的检查结果，很是吓人，单子白纸黑字写着肝内有众多的肿瘤，最大的如小碗一般。明天还需确诊复查肿瘤的性质。王治一下子跌入了疾病的深渊。第二天，我陪惊恐的王治来到医院，几次检查都因为他心跳加快而不得不推后。最终结果将这个年轻的生命定格在了他最青春的年华。他蹲坐在冰冷的飘散着各种药水味的走廊哭泣着。我找不到任何恰当的词语来安慰他。学期结束了，他独自回到老家。他将在那里度过他最后的时光。

我几乎每天都会与他在QQ上碰头。他谈论着生命的美好，谈论着活着的美好，谈论着疼痛如何一点点地蚕食他。我静静地一个字也不回应地倾听。他表述最多的就是他从来没有想过自己会以这样的方式来谢幕。好几次喝酒的时候，他都把自己的人生规划到六十岁之后，但是生命无常。那年，他痛苦地过完了人生中最后一个国庆，就悄然离去。

四、我

王治离开时，我在那所私立学校已经从教整整一个月了。五年后，我毅然选择离开那所令无数从教者向往的学校。恍惚间，我已从教十年。回首来路，我前行的路上布满了我的伤痛与泪水。

十年前，我单枪匹马地来到这座陌生的城市，内心的惶恐和不安无人能知。那是我第一次来到如此大的城市。当我站在人流如织的街道，我才知道自己有多渺小。这座城市严密地监控着我们这些漂泊异乡的人。常常半夜三更会被急促的敲门声惊醒。晃眼的灯光，像照妖镜一样照着我。有回外出寻工时，把暂住证落在了租屋，傍晚回来的路上心惊胆战。在关口，警察盘查着一辆辆过往的汽车，我借机溜了出去。

光亮的地方很容易暴露自己，我必须往阴暗潮湿的地方走。在巨大的恐慌下，我独自横冲直撞着跑到了对面的山上。当心底被追赶的恐慌慢慢消散开来，我才发现自己身处山间深处。我被沉沉的黑暗包围着。在黑暗中我才感到心安，而小的时候，我最害怕的就是黑。一阵喧嚣后，夜静了下来，山的轮廓呈现在我眼中。一块块墓碑立在寂静的黑夜中，我就像一个误闯地狱的人。我双手合十，虔诚地作揖。恐惧像魔鬼般缠绕着我，当我快步往山下走时，不小心踢到软软的东西，那东西突然蹿了起来，吓得我魂飞魄散，几乎就要哭出来了，顿时瘫坐地上。此时，我听到轻声说话的声音，原来是个人，他也是没有暂住证逃避检查的人。他说："我被抓过几次，要么交钱，要么关押。可是我出门在外没有亲戚，没有朋友，那点救命的钱我是不舍得给的。反正有吃有住就得了。后来，他们觉得这样关我也没意思，就放了出来。”那晚，我就和一个陌生人在墓地里睡了一晚。那时候进个城要的证特别多，边防证、健康证、暂住证，一大堆。

我游移在城市的大街小巷，关注各种招聘信息，甚至是贴在电线杆上的信息。寻工半个月，心神疲惫，见招工就去见工。那天被电线杆上的招工信息深深地吸引，我照着地址找了过去。左拐右拐的终于在一个小巷子里找到，一个大的房间，摆着几张办公桌，一个比我大点的姑娘娴熟地接待了我，说这是他们公司的行政办公点，与工厂是分开的。我寻工心切，没有过多地思考。那姑娘佯装面试的样子，问了我些无关紧要的信息，让我填张表，明天就可以来上班，不过得先交二百元押金。我毫不犹豫地交了钱，期待明天的上工。后来就没有下文了，当我再次寻过去时，那天接待我的人不见了。几个彪悍的男人走了过来，说不认识我，说他们没有工厂，不过现在这儿正招文员，叫我填个资料。我头也不回逃也似的离开了。

我攥着一个大专文凭到处碰壁，觉得有份工作那是多么幸福的事。接近一个月的寻工，我终于被坪山龙湖这所学校录用了。那时分到和谢宽一个宿舍。当我怀揣着幸福的期待在这里踏上讲台，内心是兴奋的。面试的时候我几近疯狂地羡慕起在这里上班的每一个人。在这个行业里，虽然专业对口，但是我几乎是零经验。所以我诚惶诚恐，特别珍惜。对于一个零经验的我来说，我不足以对任何人构成威胁。我勤勤恳恳、兢兢业业地做好每一件事就够了。没有人拉拢我，因为我没有什么价值。当然也没有人在乎我，因为我没什么能吸引人的东西。当然也没有人来整我，我没有什么值得他们整的。所以我成了这所学校的边缘人。我孤独地行走，唯有月底发放的那几百元钱才如此的真实。我拿着钱，回望贫寒的家，内心总感到不安和辛酸。接到大学录取通知书的那天晚上，父亲母亲的争吵声镌刻在我内心。母亲异常坚决而朴实的话语时时激励着我。她说："就算砸锅卖铁、卖血也要供出一个大学生。"父亲难受地说："就凭咱这点儿种地的收入，供完这个大学，这个家算完了。"那晚，我听到父亲无奈的叹息声、母亲对生活抗拒的低沉的哭泣声。紧紧攥着那几百块钱工资，仿佛抓到了一根救命稻草，我终于可以报答他们了。第二天，我自留了五十元，其余统统邮寄了回去。我第一次给父亲写了长长的一封信，其中记忆深刻的那句是："爸，这些年，让您受苦了。"父亲告诉我，至今他都保留着这封信，没事他会读读，读着读着就泪流不止。

刚入职的我，胆怯稚嫩，而谢宽是唯一一个和我推心置腹的人。在很长一段时间里，他充当着我引路人的角色。他说："你还年轻，路还长，最关键的是要让自己强大起来。"在孤独的岁月里，我学会给自己增值。我开始关注更高要求的学校，关注自身的水平。在无数个孤寂的夜晚，我在房间重拾读书时的文学爱好。我不停地将自己的故事写出来，凝望一篇篇投进报社的文字，充满期待。虽然大部分都石沉大海，但是我并没有气馁。白天，我游走在教材文字的世界，我慢慢学会摸索并抓住作家的意图及他的创作纹路。我常能发掘那文字中一块块新的天地，并兴奋地分享给孩子们。晚上，我试着用自己探索到的那点技巧进行新的创作。第一次发表在《宝安日报》的那篇《命运》，凝结着我一路的心酸，拿到稿费的那晚，我请谢宽喝酒，那天我们醉得一塌糊涂。那时我还不认识那个叫徐东的主编，而他简单的回复，却一直激励着我前行。慢慢地，我开始大量阅读外国文学，博尔赫斯、马尔克斯、福克纳等国外经典作家的作品都让我备受振奋和启发。长时间的阅读，让我得了深度近视。因舍不得花钱购书，我大部分阅读都是在单位那落后的台式电脑上完成的。寂静的夜晚，我独自坐在办公室里，贪婪地阅读着电脑屏幕上的文字，整个人沉浸在书所筑造的世界里。我真正认识到文学的意义所在。我看到另一个我游走在文字中。经常，写完一篇请谢宽指点时，他谦虚地说他是教数学的，不会指点，可是他读后的眼泪就是对我最大的鼓舞。他说我写得很感人，把我们这些底层人的卑微写得很鲜活。

谢宽被打事件发生时，我已在那所学校从教两年了，我凭借自己累积的那点创作经验写了篇散文《被打后》，迅速发表。正好样刊来了两份，我给谢宽了一份。他颤抖着手，抚摸着这些与自己有关的文字，静默着。

我和谢宽同事三年后，我去了莞城那所学校。

那时，文字梦已经深深地根植于我的内心。稿费也呈递增的态势飘来。挣扎在职斗漩涡中的徐灿，没有过多地关注我的文字。特别是徐灿中途辞职走后的那段时间，我把所有闲暇的时光都用在了码字上。我省吃简用，每月积攒的稿费、家教费和工资，我都会存下来，身上最多留下百十来块，其余的都寄给远在千里之外的父母。每次想象父亲走在取款路上的那种幸福的笑脸，我觉得所有的苦难都不值得一提。记得我上大学后，新学年刚开学，父亲就要开始为筹齐下一学年的学费而操心。虽说父亲开始是反对我读大学的，但是最后真正挑起重担的依然是父亲。我望见了一个农民、一个男人是如何在生活的重压下艰难地前行的。父亲抽了几十年的烟，在我读大学期间彻底戒掉了，酒也是偶尔抿两口。母亲说看在眼里，疼在心里。那些年母亲的胃病也常常发作，我不知道在没有药物的帮助下，母亲是如何熬过那一个个疼痛的黑夜的。或许是她望见正在大学路上蹒蹣前行的儿子，给予了她无穷的力量。那段时间，家里一切从简。大哥因我受了不少苦。他美好的爱情，在贫穷面前夭折。那是一个叫青的姑娘，看上大哥的耿直、能吃苦，可是羞于家境的贫寒，大哥没有考虑。而成绩名列前茅的弟弟，考取重点中学，父亲也没有让他继续求学。至今，我双肩挑负深深的愧疚与不安。而我再多的付出也无以报答父母之恩、兄弟之情。

在莞城，周末桂园，泥朗路口，我来回奔跑在尘土飞扬的马路上，为着就是多挣点家教费。有时连午餐都来不及吃，就赶去下一堂课。那时连吃个五块钱的快餐都不舍得，往往都是返回几里远的学校用午餐，因学校是包食宿的。而有时当我赶到学校食堂时，食堂早已关门。这时，我就会去办公室多喝几杯水，吃几块放在那儿的面包，再去下一个家教点。按道理，我挣的肯定比徐灿多，但是在相处的日子里，只要外出喝酒，肯定是徐灿早早就把款付了，或者他提前告知收银处非他买单不收。他以这样的方式来扶助我。更何况他家也过得紧巴。我被他感动了。我进入私立学校一年后，学校招聘，我想把徐灿举荐过来，虽然未成功，但是他还是蛮感动的。而王治在我的写作路上，以一个陪伴者的身份出现在我的文学梦中。至今他翻译的那几篇散文样刊，我都完好地保存着。我想再也没有谁来给我翻译了。在翻身路工作时，我没有这样拼命去做家教。写作成了一件最要紧的事。那会儿，我常常幻想着自己写出一本惊世的大作，在国内大卖，而王治同步翻译，在国外也独占鳌头。

眼下，我已结婚生子，生活变得安稳了许多。徐灿依然在宝安从教，在老家建起了自己的房子，老婆也是老师，日子还算可以。我只要去那边参加文友会就会请他喝酒。谢宽就很少联系了，慢慢地，连联系方式也没有了。我想有些人放在记忆里，会更美好，如王治。

每个人都有自己的路要走，就算卑微前行也要前进。劈开荆棘便是路，拨开乌云见蓝天。怀揣梦想，义无反顾地往前走。

南飞雁

一

八岁那年，去学堂报到时，故乡的名字开始镌刻在我的记忆里。八岁之前，对于故乡的认识，还是一片模糊，一片空白。

那个阳光满怀的日子，父亲牵着我来到学堂。我好奇而又陌生地打量着这里的一切。黄狗绕着我转了几圈，兀自撒欢去了。我一下就记住了学校的名字：水庄小学。几天下来，这几个字我已经能写得像我自己的名字一样漂亮。水庄就是故乡的名字。我知道了它的名字，就像我第一次听见别人喊我的名字一样。那是如此的亲切。我的练习本上每次都是先写出水庄，再写出自己的名字。那是我第一次感觉到我与水庄紧紧相连。

水庄，是一个充满诗意的名字。水庄，字面上读来，仿佛是水一样的村庄。闭上双眼，落雨时节，故乡雨水弥漫的日子，我跟一帮孩子们在雨水中嬉戏追逐的场景便浮现在我脑海里。时光如水一般流逝。站在如水一般的时光面前，我看见的是故乡模糊的倒影。静静地蹲下，把一颗石头投入时光的水流之中，记忆的涟漪缓缓荡漾开来。

水庄在吉安泰和下属的一个村子里。方言是故乡无形的血脉。在异乡，听到熟悉的乡音，顿生亲切之感，仿佛看到了故乡的身影。故乡，像一个安静的长者，方言是他固有的声音，水庄是他独有的名字，他的面容在时光的洪流里，也慢慢堆满褶皱。

二

那个雨水弥漫的清晨，十八岁，毕业的我带着刚刚拿到手的身份证，提着行李，踏上了去往南方的路。临行前，父亲从镇上给我买了个鳄鱼牌单肩男式挂包，很是时尚。我带着写有水庄的那张身份的名片，行走他乡。我把身份证放进裤兜里，随身携带着，仿佛装着整个故乡。在南方的夜里，我把身份证掏出来，放在手掌心，看着月光映射下的“水庄”二字，仿佛就看到了故乡的身影。身份证，它时刻提醒着我的出生地在哪里。

在喧嚣而又拥挤的火车上待了一夜，我来到了深圳。我拿着简历在烈日下奔波。穿过一条条纵横交错的陌生的大马路。路上，汽车飞驰，车流拥堵。暗夜里，我在马路边的出租屋躺下，仿佛听到这些马路喘息的声音。我想起了水庄的那一条条路，它们如此的轻柔，带着泥土的气息。而拥堵的马路，急切、喧嚣，隐藏着某种不可预知的灾难。故乡路旁的树弥漫着春天的气息，树叶在轻柔的风中飘舞，树东一棵、西一棵，有的长在门前，有的生在水井边。它们随遇而安。而这里的树，整齐划一的姿势，仿佛带着某种不容反抗的指令生长着，它们被永远地禁锢在这里。一只鸟携带着生长发芽的种子，飞入城市。有幸落入城市泥土之中的种子，骨子里也流淌着流浪的习气。路边一排排的来自远方森林的树，带着漂泊的气息。看着那一棵棵整齐划一的树，我仿佛看见了自己未来的命运。

在这儿的第一个晚上，我梦见自己走在这里的每一条路上，不停地奔跑，却始终找不到回家的路。暗夜里，屋外响起急促的敲门声。我们这些出租屋的住户慌张地打开门，查暂住证的治安人员一边把灯光晃在我们脸上，一边呵斥着让我们把证件拿出来。我瑟缩着掏出身份证和暂住证，严厉的治安人员扫了一眼身份证，继而看了我一眼就出去了。短暂的喧嚣之后，屋子变得愈加安静起来。昏黄的灯光下，我静静地看着身份证，像是看到了水庄，心底忽然感到一阵莫名的忧伤。

这里的阳光炙热，整天，我怀揣着简历奔跑在工业区尘土飞扬的路上，工作却毫无着落，心里满是疲惫和忧伤。一个星期后，我满怀期待地去一个电子厂应聘。

来到电子厂，高高的大门紧紧地关着，保安探出脑袋警惕地询问起我。我和善地解释着是来应聘的，并掏出了那张写有水庄的身份证。他接过我手中的身份证，原本面无表情的脸忽然灿烂起来，笑着对我说，我们是老乡呢，我也是泰和水庄的。为了验证一下，他忽然来了几句家乡话。站立在厂门外的我听了，心里一阵温暖。这个当保安的老乡迅速放我进去了。我有些忐忑地往办公室大门口走去。走到楼梯口时，一条狼狗忽然蹿出来，咬住了我的裤脚。我被这突如其来的袭击吓得大叫起来。保安老乡闻声赶来，立刻把狗赶走了。我挽起裤脚，发现小腿肚出现了一条咬痕，一丝鲜血从咬痕上溢出来。老乡帮我简单地处理了一下，我就匆忙上楼去面试了。那次面试无果而终，但老乡帮我争取到了三百块钱的医药费。我把这些钱用来打狂犬疫苗。

深夜，我躺在阴暗潮湿的出租屋内，轻轻触摸着腿部被咬伤的地方，脑海里不由得想起几百里之外的母亲，想起家里的黄狗。每次我从百里之外的学校归来，黄狗总是一脸亲昵地围着我打转，像是许久未见的朋友。

弹尽粮绝之时，我去了深圳坪地一家风扇制造厂。风扇厂弥漫着浓重的胶水味，在车间里坐上一天，我感到一种难以忍受的压抑和窒息感。我们从早上八点一直加班到深夜十一点。宿舍里放着七张铁架床，住着十四个人，拥挤而紊乱。发霉的袜子、沾染着个人隐秘气息的内裤，肆无忌惮地暴露在众人的眼光里。十四个人，冲凉是一件很费时的事情。第一天深夜下班后，我回到宿舍，舍友们排着队在冲凉，我坐在床沿等着，来不及等到冲凉，我就沉沉地睡着了。在梦里，我梦见母亲，梦见自己躺在母亲晒好的弥漫着阳光气息的温暖的被窝里。等我醒来时，寝室里却空荡荡，几分钟后耳边响起刺耳的铃声，我迅速起床，往车间跑去。

日子变成了简单的三点一线，我仿佛掉进睡眠织成的网里，一躺下，浓重的睡意便迅速将我俘获。日子变得千篇一律，枯燥无味，我站立在窗前，望着窗外笔直的马路，仿佛看到了自己未来的命运，一眼就可以望到头。我渴望跌宕起伏的人生，即使摔跟头，我也无悔。锈迹斑斑的宿舍窗外，一张张铁丝网横在眼前。往楼下望去，能看见每层楼中间都被一张铁丝网给结实地网起来。这里曾经有员工跳楼。闭上双眼，我仿佛看见一个人从高处迅速坠落，紧接着“啪”的一声，一个年轻的生命戛然而止。飞翔的姿势，隐喻着自由，却最终以死亡作为最后的告白。在巨大的惊慌里，工厂的管理人员为防止员工跳楼，于是织下了这样一层层密集的天网。我闭上眼，一张张无形的网像迅速罩在身上。车间、食堂、宿舍，三点一线形成的无形绳索，挂在颈部，随时间流逝层层勒紧，我们几乎处于窒息的境地。

在风扇厂待了一个星期，一天，我正在上班，车间的广播忽然呼叫我的名字，通知我去车间办公室接电话。我的心跳忽然加速起来，适才做错了一道工序，被组长批了一顿。他们会不会把我炒掉？我心底忐忑着。到办公室，一个文员递给我电话。电话里传来匡正的声音，匡正说，坪山的一个学校让我明天去上班。我听了，连声说好。压抑住内心的兴奋，我缓缓走出了办公室。独自一人躲到厕所，在气味难忍的厕所里，想起出来的经历，我禁不住眼眶湿润起来。

虽然是师范生，但坪山的这所学校却接纳了我。从教导处陈绪钦主任眼里，我看到了他信任和鼓励的眼光。我始终记得去面试那天，我把自己背井离乡来深圳找工作的苦和乐，十分真诚地向他讲述了一遍。他像一位老大哥一样静静地听我倾诉着。或许是我的真诚打动了他，抑或是他从我的经历里，看到了自己曾经的故事。后来，他告诉我，其实他和我一样都是一只孤独的南飞雁，在此匍匐前行，才有而今的贴地飞翔。我突然渴望做只像他一样在南方飞翔的雁。

慢慢地，我开始习惯这里的一切。我习惯了一个人走在热闹而忙碌的上班路上，我习惯了路的沉默不语，习惯了一个人散步，习惯了一个人待在出租屋。从此，我不断地努力练习飞翔。一路走来，我早已经习惯了这样的生活。我在这里已经生活得十分洒脱。

一分耕耘一分收获，经过多年的辛苦打拼，我终于在深圳扎下根来，拥有了一份体面而安稳的工作，也拥有了一个温馨的家庭。我开始以飞翔的姿态行走南方。我终于成了那只飞翔的雁。

在都市生活的这些年，我在这里得到了很多，可是我总觉得有些东西它给不了。

三

十多年后，当我回到故乡水庄，它已经面目全非了。

当我踏上水庄的路时，我就能听到路在颤抖，这是多年未见的老友的激动。家里那条老黄狗仿佛早已闻到了我的气息，陪着父亲蹲坐在村口的大树下，痴痴地朝路口张望着。当我的车一出现，它立刻直奔而来，绕着我的车不停地欢叫。父亲满是皱纹的脸上堆满了笑容。老黄狗两只前腿搭在车身上，眼里满是泪花。常年漂泊在外，我的气息，它依旧那么熟悉。老黄狗真的老了，没有了十年前的活泼好动。

一踏进家门，父亲就向我诉说着这些年水庄的变化。父亲委屈地说，水庄已经不叫水庄。我望见门牌上的确已经不是曾经的名字了。父亲不明白为什么会这样。他向我倾诉着，叫了一辈子的水庄，如今却要换名了。我看了看父亲，他的表情仿佛换掉的是他的名字。一旁的老黄狗无法抑制自己的激动，总是在我身上蹭，一副欲言又止的样子。我用手轻抚它的头，老黄狗慢慢安静下来。我用心安慰父亲，名换了，水庄还是水庄。是啊，无论故乡变成什么模样，我内心深处的水庄也丝毫未变。我望着站立于门前的父亲，晚风吹乱了他鬓边的白发，他浑浊的双眼一点点黯淡下去，他微弓的身躯仿佛是在向无情的岁月俯首称臣。

父亲说要带我出去走走。父亲微弓着背，缓缓前行着，晚风吹来，他偶尔干咳几声，胸口剧烈地起伏着。父亲依然像从前一样和我并排地走着，不过他没有像我八岁那年一样牵起我的手，而是把两只手搭在了背后托着背，似乎害怕背随时会掉下来。我紧跟着父亲的步伐，时而扶父亲一把。风吹起了老黄狗的毛发，露出它形销骨立的身躯。

整个村庄静悄悄的，风带着我的问候穿遍整个村庄，得到的回应是风呼啸的声音。风仿佛在呜咽哭泣。偶尔有几个留守的老人碰见父亲，会热情地打招呼。一幢幢新房子矗立在村庄的泥土之上，远远望去，显得辉煌气派。往村庄深处走去，望着一扇扇紧闭的大门，才倍感村庄的寂寥与冷清。水庄的人都外出打工去了，年根才会回来。淡淡的夜色中，我仿佛听见故乡沉沉的叹息声，为这一年四季长久的孤寂与苍凉。我们都是故乡的背叛者。

缓行着，我们走到学校旁那条熟悉的路上。路苍老了许多，坑坑洼洼的，路旁的树已经长得我都不认识了，旁边的荆棘丛依然自由自在地生长着，有的把手伸到了路面。路边的水塘依然静静地守候在这里。小学门口已经杂草丛生，陈旧的校门慢慢地风化着。校园内也是杂草丛生，它们是否能够听到这里曾经读书的声音。雨水让教室的墙体布满了一条条岁月的泪痕。父亲说，在村里读书的学生很少了，他们基本都去镇上的学校读书了，还有的很小就被外出打工的父母带出去了。

一路上，父亲不语，慢慢陪我走着。我感受着这里的一切，聆听风和故乡的絮絮低语，呼吸这里充满故乡味道的空气，感受这里每一棵树、每一只昆虫的歌唱。

身在异乡时，暗夜里想起水庄，在记忆里打捞往事，故乡的身影是那么清晰。如今，回到故乡，我轻躺在故乡的怀抱里，故乡的身影却在我眼前越来越模糊。故乡活着活着就老了，活着活着已面目全非，流逝的时光爬在它脸上，变成拥挤的褶皱。村头刚刚建起的小工厂，机器声轰隆，寂静的夜里，它喧嚣而又肆无忌惮。城市的气息渐渐侵蚀到水庄深处，直至浑浊不堪。机器的轰鸣声、化工厂排到溪流里的污水，淤积堵塞着故乡水庄的血管，加速着它的苍老。

故乡老了，老到连名字也丢了，它慢慢蜷缩在我的记忆深处，直至风化。

黄昏里，炊烟四起，我跟着父亲，老黄狗跟着我，一起往家的方向慢慢走去。

（原载于《四川文学》2017.01）

南方南

一

远离轰鸣的车间，站立讲台，恍惚之间在这座南方南边的城市已从教八九载了。我拿起一根粉笔，听着粉笔与黑板摩擦发出的声音，仿佛听见时光流逝的足音。粉笔在不断摩擦中消耗自己，就像流逝的岁月一样，看着那些碎屑，就想起那些以往的日子。

回望自己从炼狱般的打磨车间到三尺讲台，再到如今甜蜜的日子，我独自演绎着一个卑微者的奋斗史。我穿越嘈杂的车间，像蜘蛛人般从城市的底层不断攀爬，方抵达幸福的彼岸。当教师分配工作的碗被打工这个时髦的家伙砸碎的时候，我也赶着打工的浪潮乘风而行。母亲曾经幻想中的分配已经成为一个历史的名词。在她心中曾经升起的那点曙光，已经暗淡下去。为了不让母亲失望，我奔跑在城市的每一个角落，去谋寻生活的依靠，幻想着有朝一日，三尺讲台能改变家庭的命运，并让我成为一个真正有身份的城市从教者。

在时间苦难的河流里，泳技蹩脚的我，多次沉溺到苦难的河床，差点窒息而亡。儿时溺水的情景仿如昨日。炎炎夏日，我和伙伴跳进故乡的水塘嬉戏，胆大逞能的我，提出横穿水塘，伙伴欢呼应和。百米水域，在一声令下后，我像一尾鱼般往前游去。游到水塘的正中，深深的河水让我害怕。我常常在夜里梦见自己无缘无故慢慢地沉入河底的情景，而此时，正是梦里的场面。我四肢已不听使唤，前面伙伴游水激起的水花，直接飞进我张开的嘴中。我已感觉到无力的身躯正在下沉，那几口水就要将我送入河底。已到岸的伙伴回望时，发现我正在塘中央挣扎着，立刻大声呼救。闻声赶来的大人扑入水中，将昏迷的我打捞上岸。而今，在苦难的河流里，就算溺水，我也知道不会有谁来打捞我。一路走过来，我已掌握了生存的技巧，在苦难的河流中迎风前行。曾经紧随身畔的贫苦在我的飞驰中，正渐渐地离我而去。

忆起刚踏上讲台的那段岁月，那时我终日忘我地游荡在文字教学的世界中，讲台俨然已成为生命中的舞台。我以居高临下的姿态行走在讲台，挥动粉笔，激情洋溢地讲课，忘记了城市的嘈杂与喧嚣，忘记了自己的困窘与落魄。这座城市以这样独有的方式回馈漂泊的我。可是一个知识分子的身份却裹挟不住我固有的农民卑微的气息。放下粉笔，回到狭小的房间，现实的困境又压得我喘不过气。我以匍匐的姿态行走在城市的边缘。

回归水庄，这个卑微的身份却以它别样的形态装点在我身上。我特意地买了一身西服，配上一条艳红的领带，几近滑稽的领带，以一种嘲笑的方式垂直地贴着我的胸脯摇曳。刻意的装扮，让水庄不知真相的人们，以善意而羡慕的眼神仰望着我这颗漂泊在故乡之外的卑微的心。母亲的脸上露出灿烂的笑意，仿若十几年前为着我求学所付出的种种艰辛终于得到应有的兑现而欢喜。我目光躲闪，摸着干瘪的口袋，感受前所未有的虚荣飘散在那苍凉的土屋中。母亲以我为傲，故乡人正掐指清算着整个水庄站在讲台之上的人数，而我却细数着家中那一笔笔为生活、为求学所欠下的债款。这个账单以静默的态度嘲笑着我那三位数的薪水。举目，母亲苍老的眼神，满头的银发，生活的欠条正以丝丝银发的方式落在母亲的头上。贫穷像一望无垠的沙漠横亘在我眼前。母亲的笑成为我穿越沙漠时最甜美的水。

路上水庄人笑着羡慕母亲，你家儿子终于有出息了，你也很快就能跟着享福了。幸福洋溢在母亲的脸上，仿佛上帝已经把母亲从苦难的沼泽中拉到平软的岸上。站在一旁的我，涌向心尖的却是惶恐。我真正清楚，我这个没有身份的从教者，是如何卑微地在城市的底座中承受住来自城市的重压，承受住母亲对我改变家庭命运的期待。夜晚，厨房里传来冬嫂怯懦地催债的声音：娃有出息了，回来了？家里娃身体不听话，菊嫂您看……我无法看见母亲的神情，却能想象到母亲刚获取的那一点虚荣是如何被现实击打得遍体鳞伤。未曾想到，我的归来给母亲带来虚荣安慰的同时，也带来了实质上的尴尬处境。我躲在房间里，望着贫寒的家，一股悲凉涌遍全身。在贫寒的獠牙面前，我显得如此的懦弱与卑微。我的那点薪资，丢进家的贫流之中溅不起一丝水花。回望，母亲依然艰难地行走在水庄的大地之上，我用青春从城市里换来的那点钞票根本无法改变现状。

在我从教的第二年，母亲拉着一板车的稻谷去镇上，就在水庄下坡路段，面对那重重的一车稻谷，母亲试图用双腿当作刹车，但她的力量是如此的弱小，车硬生生地把母亲带下坡去，一车的稻谷侧翻在旁边的水田里。母亲趴在地上顾不上伤势，首先哭喊着的居然是让人帮忙把稻谷打捞上来。对于农民来说，稻谷是高贵的，是命根子，是那一张张让农人屈服的纸币。当母亲极力站起时，才发现自己的右腿已经骨折了。那个时候，我正在讲台上豪迈地讲述着杜甫诗歌中所隐喻的苦难。突然手中的粉笔断裂成两半，我听见粉笔骨裂的声响。我无法知晓，我的母亲正遭受此难。母亲伤心地哭泣着，望着一包包的稻谷，再回望自己的腿。当邻居的孩子把这事告诉我时，时间已经过去一周了。我急匆匆地搭上火车直奔家中。当我出现在家门口，母亲像个委屈的孩子，拄着拐杖向我一瘸一拐地走来，嘴里责怪我，又心疼着路费，说自己又拖累了我。苦难让母亲过早地苍老，却打不垮一个勇者。我知道她是不想让我担心。她知道娃在外面挣钱其实很不容易，也不想浪费来往的路费。望着母亲，我看到游离于城市的自己。我也常常被沉重的磨难带入深渊，孤立无援，无形的伤已掺杂在血液中流淌。

二

母亲眼里，在城里教书是个体面的活儿，虽然挣不到多少钱。而母亲无法知晓的是，外表的体面裹挟着的是一个城市里卑微的身躯。如果母亲知道我为了省几个子儿，在寒冬里蜷缩着身体躺在摇晃的单人铁床上，裹在那用二十元买来的单薄的棉被里瑟瑟发抖时，她又会是何等的伤心。母亲更不知道的是我所从教的学校的性质，她不可想象的是学校也可以成为老板的钱包。

我入职教学那天，由于长期寻工的消耗，兜里只剩下二十元钱。我盘算着如何用二十元钱来度过这艰难的一个月。学校不解决早餐，我就饿着肚子上了一个又一个上午的课。我清楚地记得，常常上到最后一堂课的时候，四肢的力量几乎被饥饿吞噬掉，头一阵阵眩晕，肠胃蠕动的声音常常惊得旁边的孩子投来诧异的目光。可我依然身体半倚着讲台吃力地上着课，饥饿以这样的方式从水庄奔袭而来。中餐，我狼吞虎咽般，一个人吃去两个人的饭量，引来同事们鄙视的目光。我也试着向同事借取一百元，以缓解这种困窘。可是从他看我的眼神，我知道这个城市中什么叫熟悉的陌生人。对于一个人流量极大的城市或单位，没有人知道明天你会去往何处，彼此构建的信任，还不足以达成这么一个借贷的关系。我艰难地熬着，在电话里母亲洞察了我的这种心酸，她偷偷地给我邮寄了五百元钱。当我拿到这笔钱的时候，我躲在城市的角落哭泣，眼泪滴落在钱上。除了这来自故乡的钱，这座城市没有谁知道我落泪过。半年后，一个叫连花的同事新入职，他鼓起勇气向我诉说着与我雷同的命运时，我毫不犹豫地借给了他二百元，以解他的燃眉之急。可是，一个星期高强度的工作后，他招呼也没有跟我打，就拖着他的皮箱远走高飞了，还将我放在桌子上的一个录放机给顺手带走了。我望着他空空如也的床架，欲哭无泪。我除了知道他的姓名与籍贯外，其他都一无所知。恍然，回望我身边的每一个来自他乡的人，除了姓名之外，我无法记住任何一张在岁月里逐渐模糊的容颜。删去一个号码，这个人就如掉进大海的针，再无法寻着。在如此发达的今天，人其实更容易走丢。

哭已经无法表达我漂泊里所承受的委屈。回想刚来的第一个月，学校因为住宿紧张，把我安排在教学楼旁边维修工人暂住的铁皮房内。我没有埋怨，作为一个混迹在城里的乡村孩子，我有个遮风挡雨的栖身之处就足矣。我积极地去做好分内之事，还去做些分外的力所能及的事。办公室脏了我打扫打扫，桶装水用完了我及时更换，复印机我也主动学会使用，帮衬需要复印的老师。这样我就常常能听到：小顾，桶里的水喝完了；小顾，我这资料帮我复印三份；小顾，你看办公室那么脏，辛苦了，扫一下吧；小顾，今晚我有点事，你帮我看看晚自习……每每大会，领导都会拿我作为榜样大大地赞美一番。

更为难忘的是，深圳九月铁皮房的热。每天下班后，我拖着疲倦的身躯向铁皮房走去，手握滚烫的门把，推开门，一股热浪袭来。躺在铁皮房内，热气将我弱小的身躯紧紧地包裹住，汗从体内不断地逃窜，凉席早已被汗水浸湿。我躺在铁架床上，辗转难眠，仿若整个城市的热都汇聚在这间火柴盒状的铁皮房内。直至凌晨四点溽热退去，我才昏昏欲睡。还来不及走入梦中，晨起的铃声就将我拽了回来。一个月里，我就这样独自一人面对南方一个个闷热的黑夜。深圳极度的燥热是暴风雨来临的信号，而我的暴风雨从来就是没有预见性的。那晚，台风夹杂着暴雨袭来，龇牙咧嘴的风用它的巨手不断地撕扯着房顶的铁皮，密集的雨点击打在铁皮上，铁发出痛苦的呻吟，它在痛，我也在痛。从四面袭来的风，紧紧地裹住狭小的房屋，就像曾经的热气裹住我一般，房子摇摇欲坠，感觉瞬间就要被风撕个粉碎。我蜷缩在床上瑟瑟发抖，我以为的救援没有来到，我就这样与台风厮守一夜。晨起，屋外一片狼藉，树横倒在大路上，它终究还是没有在城市扎住根；那只浑身毛发湿透的流浪狗在天桥下瑟瑟发抖；屋顶被风掀起一角的铁皮兀立着。当然没有人知道我是如何在台风中度过那黑暗的一夜，我继续以谦卑的态度工作着，诚惶诚恐，害怕自己一不小心，就把这座城市中我唯一的饭碗给砸了。遥望远在水庄的母亲，我知道在苦难的河流里，只有彼此紧握双手，方能在激流中勇进，达到彼岸。

三

“贫穷”这个伤感的词语，以立体的、可见的形式走进我的生命，流进血液，渗透到我时间的夹缝中，在我的时间河流里浮浮沉沉。如果可以，我一定会一一打捞，将它们抛尸荒野。当我狂奔来到城市时，它也尾随其后。我明白，要驱逐它，在城里制服它的方法会更多。水庄母亲用她勤劳的双手在田野与它扭缠了半辈子，至今胜负无法分晓。而我将阵地从水庄转移到城市，从田野转移到讲台。那个烈日的中午，我独自一人拿着单位的花票，走进了嶂背棚户区，将此片区孩子们的学位预收费全部收齐，兜里揣着整整四万元，内心无比的彷徨。因这笔巨款已够驱离压在头上那顶贫寒的帽子，可以毫不费劲地斩断它连接家的根，幸福的日子也将浮出水面。看着这些钞票，我就想起远在东莞长安漂泊的表姐一家。表姐在长安的一家餐厅里洗碗，月薪千把块，起早贪黑，有回我过去看表姐，望着外甥脚下修修补补的凉鞋，我心里一阵酸楚。表姐告诉我外甥所在的学校每学期也得上交学位预收费。而收他费用的老师，收款第二天就辞职不干了，第二学期才知道老师没有上交那笔费用。表姐洗半个月的碗才能挣回那点钱，那晚表姐向我哭诉着。我望着她那双被洗碗水泡烂的手，就像看见一望无垠的苦难。而今这一笔笔钱背后依然是一个个家庭中最大的开销，一双双信任的眼神早就温暖了我。我是被贫穷压得喘不过气，但从未被打败过。

我在词典里寻找“贫”字，有趣的是，尾随其后的不是苦就是难，不是贱就是寒，一身的苦味；好好的

“嘴”字，跟着“贫”就一身的痞气。我寻不出贫代表的美好。一张张薄薄的纸，密密麻麻地缀满着人世的纹路。我在讲台上，从书本里捻出一个个苦难的场景，它们以同样的速度与我心中的苦难汇合。我用自己对难、对贫的理解，极富深情地在这神圣的讲台上讲解着贫苦。教科书中所散发的苦难，与以现实的方式呈现的苦难，深深地刺疼了我。这些从四面八方追随父母漂泊于此的孩子们，本身就是一本本教科书，教室成了故乡苦痛的一个缩影。我也如同他们一般艰难地在这座城市中爬行着。他们都是来自这座城市最底层的勤劳的打工家庭。廉价的学费、低价的校服、民工子弟学校，这些城市卑微的标签一个个扣在每一个孩子身上，也扣在了像我一样的从教者心里。我发现城市就像一个大词典，贫贱被码放在城市的页码里，精彩的片段背后潜藏着多少苦难。城市虽给了他们一张张白净的脸蛋，却并没有驱除他们生活中的黑暗。每一个孩子背后都是一个卑微者在城市追寻未来的故事，也包括我。

一次次的家访，仿若回到自己那一贫如洗的家中。亮子的父母是一个养猪场的员工，他们从湖南的乡村带着战胜贫穷的决心挤到这座城市。他们负责到附近各个单位拖运每天的剩菜剩饭，并进行分类、清理，把一些掺杂在饭菜中的筷子、塑料勺子一个个拣出来。炎炎的夏天，发馊的饭菜，窜来窜去的蚊虫，夹杂着养猪场独有的气味飘散在他家搭建在猪场的简易棚子里，亮子每晚就在这样的环境中完成学习，并伴着它们进入梦乡。在他的童年里，没有故乡的气息，灌满的是城市的恶臭味。亮子的父母却一脸满足地说着他们当下生活的美好：老板包吃包住，亮子还可以接受城里的教育，虽说每年挣不到多少钱，可是总比在老家好。从亮子父母纯朴的脸上，我望见了母亲，闻到了故乡的味道。我也看到了在城市里爬行的自己。我记得入职的第一个月，由于长期的饥饿，那天中午教师值班，我本想在宿舍休息一下再上岗，哪知沾床就睡着了。领导发现我不在岗，跑进宿舍，将我的被子掀翻在地，狠狠地将已经极度瘦削的我从床上拽起。那时我已瘦得皮包骨头了，拖着这七十斤的肉身，挤在这城市中求生。我像一个受惊吓的孩子，满眼的恐慌。我害怕丢掉工作，害怕这座城市。反而，像亮子一样的家庭却让我倍感城市的温暖。

亮子的同桌晨晨是四川人，父母在赤石岗租了块荒地，种蔬菜卖。那里成片成片的绿油油的蔬菜，仿若被复制的故乡。当我在市场购买那昂贵的蔬菜时，我认为菜农们应该生活无忧。而晨晨父母跟我聊起了蔬菜背后的故事，我才发现这座城市和水庄有着极其相似的地方。我想起了水庄那些一辈子在田野里勤勤恳恳、任劳任怨的劳动者，而稻田并没有改变他们的命运。我细算着每年自家的收入与开支，除了预留在仓库自家食用的谷子外，全卖出所得的收入每年基本都是抵消在稻田上的投入，甚至父母的劳动都不算工钱。这就像一个打开的水龙头，一直开着，可是水槽的出水口同样一直在不停地外流，就算你开个十年八年，水槽仍然是空空的。可是除了种地，他们似乎看不到任何其他的道路。晨晨父母是这些人中的勇者，可是他们没有发现其实就是从一个坑跳入了另一个坑。他们所有的付出，除去各种租金，或许和他们在老家基本别无二样。

一次家访走在龙东的小路上，远远就能听见前方一个稚嫩的声音叫卖着：两块一根的玉米棒。走近发现是班中的倩如，平日在班上羞怯内敛的她，在生活面前学会了低头。她的低头更多的是坚强。她告诉我，她每晚都会在这个路段卖完五十个玉米棒才回家。有时能提前完成，有时十点多才收摊，所以推车旁还搭了个小桌子。昏黄的路灯照在桌子上整齐地摆放着的作业本上，也照在她童稚的脸上。她的父母成天没日没夜地在工厂的流水线上消耗着他们的时光，以便打捞出一点点微薄的薪水。当玉米卖得很晚时，她才有幸和下班的父母照个面。他们的交流基本是靠着门背后的那一张张的小贴纸。如果我没有亲身经历，我真的不相信有这样的工厂存在。而实际上，大部分工业区中一线员工都是过着早出晚归的生活。热闹的工业区就是一个吸食时间的狂魔，你的青春跌落其间，早已被轰鸣的机器声深深地拽住了，而你打捞回去的就是流淌着你青春热血的那一点无法等值于你青春的钞票。

送水工、清洁工、洗碗工、搬运工、建筑工……他们贴着城市的大地生活，但是他们又是生活的勇者。他们有勇气把自己的孩子带到这座城市来接受对于他们来说几近奢侈的教育。而我面对他们的时候，内心涌起的更多的是无比的同情与心酸，为他们，也为自己。

贫苦将我与他们捆绑在这座城市最幽深之处。它深深地潜伏在我的身上。每月拿到微薄的薪资，我给自己留上百十来块生活费，其余的六百元就像巨款一样飞到母亲干枯的手上，滋润贫困的家。我想象着村里的招坤嫂在门口大叫着母亲去拿汇款单的情景，母亲在这种呼唤声中缓步而行，像在进行一个为她举行的隆重的典礼。她的内心泛起的幸福足以温暖栖息在城市角落的我。我用自己的艰辛照亮水庄的母亲。母亲说，所有的苦难都是教会我们坚强的老师。我现在作为老师，也将教会身边的人领悟磨难。

一个卑微的身份，我却以高傲的姿势站立在讲台之上，用满腔热情去填满这些焦渴的心灵，去孕育知识的种子，去播种、去唤醒他们的理想。我将自己的那种坚强播撒到每一个孩子的心尖，这样城市里又会有更多的勇者，他们将同我一起扫除隐匿在每一个角落里的贫苦。

四

一晃教书八九年了，这座城市也回馈了我想要的生活。站在城市的高楼上远眺，华灯初上，万家灯火，炫人的光将整个城市照亮，也映红了城市的上空。这座不夜之城，在滚滚的时间洪流中，就像一个诡异的魔术师，不断地变幻出新的面孔，也不断地改变着奋斗者的生命轨迹。楼下那一条条小路纵横交错，路灯照亮了人们匆忙的步履，垃圾桶旁拖着蛇皮袋正在寻宝的阿婆，小摊上卖水果的摊主正卖力地吆喝着，旁边建筑工地的工人抬着准备深埋的管道正有节奏地喊着号子，往前大酒店旁一排排的百万豪车正炫耀似的停靠在那儿，旁边的乞丐懒洋洋的，可能准备入睡了。一座城市的残酷与美好，随处可见。天堂与地狱在这儿界限模糊，它们有时泾渭分明，有时混沌不清。

一座城，总是如此循环，你脱离苦海，同时也有人掉进去。而主宰这一切的是自己，不是城市。天堂与地狱就是一步之遥。命运如此戏剧化地出现在我的生活中。如今站在讲台上，坐在台下的孩子，不再像曾经的学生全是苦出身。他们有的有着显赫的身世，或出生在坐拥雄厚资产的家庭。他们穿着上千元的刀锋系列运动鞋，佩戴最时髦的手环，住着宽敞的房子，用流畅的粤语议论着那些各种生活用品的品牌。望着这些孩子，我不知道如何跟他们讲述苦难，再现贫寒。我又看向了静静坐着的公费生钰颖同学，她以第一的成绩考取了本校，成绩一直稳坐年级第一，可是贫苦却死死地纠缠着她。她一家住在狭小的房间，过着紧巴巴的日子，没有见过名表，更不知道这个世界上还有如此多的奢侈品。朴素的着装在班级中显得如此的打眼，这一切造就了她内敛的性格，同时也激励着她在苦难面前勇敢前行。这些过着富足日子的孩子的苦难早被他们的父母清除干净，无法知晓当未来的岁月中，他们一旦被苦难纠缠，会不会被打倒在地。而那些曾经像我一样从苦难堆中爬出的孩子，正艰难地在这座城市向着塔尖爬去。人，爬行与飞翔，是由努力决定的。亮子联系上我，兴奋地告诉我，他自己承包了一个养猪场，生意正蒸蒸日上。一个生活在底层读不起大学的孩子，依然能够在这座城市领略成功的滋味。曾经的那帮孩子们散落城市中，凭借自己的坚强，我相信他们一定能拥有飞翔的机会。

我这个民办学校的从教者，在这座南方的城市中贴地而行，最终腾地而飞。飞回故乡，踏上水庄，母亲已站在当年摔下去的那个斜坡上等候，母亲没有战胜贫苦，而她的孩子牵着贫苦来到陌生的城市，硬生生地将它打败在那个让他迷乱的陌生的城市。我在这座城市里有了自己的房子，有了自己的家庭。那张写着水庄的身份证也被我收藏于箱底，珍藏于内心深处。城市的身份赫然地印在我的名字下方。生活在水庄的母亲依然忙碌着，而这种忙碌中，我听到的是她和时间赛跑的脚步声。晨起，母亲依然像往常一样挑起水桶往菜园里赶去，饭桌上从菜园里摘回的菜还是随着四季更替而变化。母亲购买苹果的时候，仍旧还是购买那些便宜的、需要剜去些腐坏果肉的苹果。她还是习惯性地去讨价还价。母亲依然以节省的方式看待富有的生活。遇到左邻右舍，谁家出现点困难，她常常想起曾经贫困的自己，恻隐之心促使母亲会毫不犹豫地慷慨相助。母亲最终还是不愿离开这个让她终生难忘的地方，未能跟随我的脚步来到城市。她成了故乡最后的守望者。

粉笔、讲台、黑板所构筑的三维世界深深地攫住我那颗从教的心。手握粉笔，站立讲台，做播种的姿势，生命的拔节声骤然响起，这是我内心崇敬的最美的姿势。粉笔的白与黑板的黑映衬出一种简朴的黑白人生，仿佛老家那台简易的黑白电视。粉笔犹如智慧的指挥棒，我娴熟地挥舞着，牵引着一个个焦渴的灵魂，在知识的海洋中来回穿梭。它撞击黑板的黑，白光般的粉末溅起，在黑的最深处留下洁白的真理，直指城市愚昧的最深处。我从自己讲述的哲理中，找到融入城市的路径。手推眼镜，我看着被黑板吸引住的灵魂正在吮吸着粉笔洒下的甘露。我望见曾经的自己。

三尺讲台以匍匐的姿态与黑板隔着几尺的距离相望，犹如我与城市对望。粉笔在这个距离里充任了摆渡知识的船。讲台托起一本本厚重的载满灵动文字的书籍，也托起了人世文明传播的重任。高高挂起的黑板，拥有穿透时空的力量。我挥动粉笔，人世苦难，生命万物，宇宙时空，交替地呈现其间。生活以一个智者的身份，默默地吐露出这个世界的真相：苦难是追逐者成就自我必经的一个过程。

（原载于《新疆文学》2017.06）

南方的钟声

一

东山寺的钟声成为我生命里的一种隐喻。每个人内心里都安置着一座庙宇，有人一脸虔诚地在里面烧香拜佛，日复一日一遍遍地敲响钟声，静静聆听自己心灵发出的声音，也有人被膨胀的欲望屏蔽了双眼，把它荒废一旁，直至杂草丛生，落满灰尘。

在异乡的路上，黄昏时分听见寺庙响起的钟声，一种苍凉之感忽然狠狠地把我抓住。我把车临时停靠在寂静偏僻的路边，独自蹲在异乡的马路边上，默默望着远方摇曳的灯火。陌生而又熟悉的钟声，勾起了我的乡愁，让我想起多年来在异乡的颠簸和辗转，更让我想起千里之外日益年老病重的母亲。静静地蹲在马路边，在一遍遍的钟声里，我忽然泪流满面。

二〇〇六年三月，春寒料峭，我怀揣着一张站票，钻进火车的肚子里，开始了生命中的第一次远行。这是一趟异常缓慢的慢车，开两三个小时就会在中途停靠一段时间。车上人满为患，密不透风，人挤着人，逼仄拥挤的车厢里混杂着浓烈的汗味，偶尔一阵风从车厢的过道里袭来，混杂着一种令人眩晕和压抑的气息。十几个小时站立下来，一阵浓浓的酸痛感在脚上弥漫开来。浓郁的睡意袭来，昏昏沉沉中，我站在车厢的中央朝不远处张望，看见两个车厢中间的连接处还有一些可以容身的缝隙。我一步步往那边移去，在一片不解和不耐烦的眼神中，终于抵达过道。我把身子紧贴着车厢壁，缓慢蹲了下来，铁质的车厢壁上弥漫着的凉意迅速传递到我的体内，缓解了一丝闷热与不安。把行李包紧抱在胸前，在火车咣当咣当的响声里，我迷迷糊糊地睡去。

十多个小时的车程走了将近二十个小时，列车停靠时，窗外晨曦微露。

我循着纸上歪歪扭扭的字迹，在大鹏老乡的出租屋里暂时安顿了下来。老乡的出租屋在二楼最里的一个房间，房间背着阳光，阴暗潮湿，墙壁上还隐约生着一些青苔。出租屋逼仄狭窄，屋内放着一张床，一个电风扇，一张破旧的桌子，一台闪着雪花点的黑白电视，带着一股尿臊味的洗手间位于门口。

老乡比我大四五岁，我们彼此话语不多。只是借着几层七弯八拐的亲戚关系，我才得以在这里安顿下来。床很窄小，睡不下两个人，我就从外面买了一张席子打地铺。席子紧挨着卫生间，一股浓郁的尿臊味时常扑入鼻中。在老乡异常响亮的呼噜声里，我沉沉睡去。早上醒来时，直感到浑身酸痛，地上的湿气仿佛侵入到了我的体内。下午面试回来的路上，路过一个废弃的工地时，我看见几块厚厚的白色泡沫板，就把它带回了出租屋，我把它垫在席子下面，晚上睡觉时就舒服很多了。

将近一个月的寻工，却没有任何消息，简历像一块细小的石头扔进深海之中，激荡不起一丝涟漪。工作没着落加剧了我内心的不安和恐慌，老乡看我的眼神里也带着一丝烦躁与冷漠，一副爱理不理的模样。像是弥补什么，面试归来，我会帮忙把他浸泡在水桶里的衣服洗干净。

几近弹尽粮绝时，我拿到了最后一个复试通知单。到面试单位，房间里二十多个应聘者让我心生疲惫。二十多个人只录取两个，僧多粥少，竞争激烈。从面试单位出来已近黄昏，骤然下起了暴雨，毫无防备的我行走在雨中，疾驰而过的公交车里一道道异样的目光仿佛利箭一样穿透着我。我看见路上穿着时尚的女孩娇滴滴地撑起了精致的雨伞，此刻的我挣扎在温饱线上，雨伞于我而言已成一种奢望。回望寻找工作的过程当中，我像一个数学家一般，精密地计算着每一天去面试的路线，哪一条路最省钱就是我最佳的选择。面试的路上，我精打细算着每一块钱，有一次辗转几番，从公交车上下来，需要再走二十分钟的路才能到达面试单位。烈日当空，路上尘土飞扬，嘴唇干裂的我为了省下买矿泉水的两块钱，忍着极度的渴意，一直坚持步行到面试单位。到达应聘单位办公室时，面对前台文员端送来的一杯冰水，我一饮而尽，喝完又续饮了一杯，穿着靓丽的前台文员看着我满头大汗的样子，朝我投来异样的眼神。

此时我慢慢地行走在雨中，任雨水从我的脸颊滑落，回想起这些日子以来的经历，我禁不住在细雨中怒吼起来。怒吼声背后隐藏着的是我那颗不甘的心。

雨越下越大，一滴水引发整个世界的震动，适才拥挤的马路顿时变得寂静无声，只听见雨水敲打在地面发出的沉闷声音。“当当”的钟声忽然在我耳畔响起，迟缓而又凝重，细雨迷蒙中，我抬头望去，看见不远处的山峦上，雨雾笼罩之下，一座寺庙若隐若现。

陌生而又熟悉的钟声让我想起千里之外的故乡。近在咫尺的东山寺沧桑空灵钟声牵引着我。循着声音，我怯生生地来到寺庙里，浑身湿淋淋地站在东山寺门前的弥勒佛前，朝佛像三鞠躬，内心默默祈求自己能早日找到一个好的工作。

我狼狈的样子，慈悲的大师看在眼里。那晚我在简陋的寺庙里吃过斋饭，谢过寺内的和尚，就仓皇地步入已破烂不堪的右侧殿内。我躺在寺庙的怀里，就像躺在故乡的怀里。寺内和尚们敲打木鱼的声音、悠扬的钟声，都无法阻挡住我的睡眠。那有节奏的钟声就像母亲的摇篮曲。

寺庙的钟声让我想起远方的亲人，让我想起故乡悠远的往事。

八岁那年，我身患疾病，持续半个月高烧不退，母亲带着我四处寻医问药，却始终不管用，病时好时坏。那个雨水弥漫的清晨，我始终记忆犹新。母亲背着还在睡梦中的我向紫瑶山进发。当时我再次高烧不退，梦呓不断。母亲背着斋饭爬上紫瑶山庙，跪拜在大佛前，嘴里呢喃着祈祷，虔诚的眼神深情地望着端坐在大殿上方的金身大佛。我紧张地跪在母亲的旁边，好奇地偷偷瞟着那尊大佛，慈祥的微笑拂过我的内心。我学母亲磕着头。翌日，晨起，母亲温暖的手，柔柔地贴在我的额头，瞬间绽放出甜甜的微笑，我又想起那尊佛，那严肃中隐匿的丝丝的笑意。

母亲庄重地对我说，我与佛有缘，所以佛祖佑我。我似懂非懂地点点头。自此，母亲每年都会带着我上山拜佛。母亲不知从哪里弄来一串精致的佛像饰品挂在我的胸前。母亲让我去哪里都要记得挂着它，不要轻易取下来。

打那时起，我的胸前就佩戴着一尊佛，这尊小巧精致的佛像紧挨着我的胸膛，带着我的体温，暗藏着母亲对我的深深祈福。

我带着它走南闯北，它紧贴着我的胸膛，时刻陪伴着我，因了我的辗转颠簸，这一尊面目慈善的佛像也开始带着浓重的漂泊气息。

东山寺上的佛祖佛像或许冥冥之中给我带来了好运。

雨后夜宿东山寺归来后没几天，午睡中的我忽然被一阵尖锐的手机铃声惊醒过来，我看着手机来电显示呈现出的陌生号码，隐隐预感到好事将近。我掩饰住内心的兴奋，一脸忐忑地按下接听键，一分钟后，我充满阴霾的内心世界，忽然洒满春日的阳光。电话通知我早日到学校报到，在一家民办学校教语文。多年后我重新回想起这一幕，无疑，这个电话仿佛一场及时雨一般，滋润了我即将干枯的心灵世界。

二

东山寺的钟声就这样在我内心深处驻足下来。相比于别人，带着心灵气息的钟声像生命的灯塔一般，指引着我前行的方向。在异乡奔波，当我在岁月中忙于打捞名与利即将迷失自我时，我总会想起东山寺的钟声，我把挂在胸前的佛取下，放在手中，轻轻抚摸，眼前就浮现出母亲在油灯下忙碌的身影，浮现出母亲独自一人跪拜在故乡佛像下那庄严的神情。钟声是指引，是心灵的抚慰，更是警醒。

寺庙带着浓郁的宗教气息。喧嚣的都市，人躺在欲望的浴缸里，长久浸泡下，一言一行之间都弥漫着欲望的气息。喜庆的节日里，寺庙人头攒动，一脸虔诚的人们在长久的跪拜中祈求身体健康或者升官发财。我喜欢在夜色中去拜访东山寺。黑夜让世界变得有深度。夜的寂静让大地上细微的声音慢慢浮上来。窗外，蟋蟀、知了以及不知名的昆虫隐匿在草丛深处不知疲倦地鸣唱着。黑夜降临时，心灵深处最细微的声音开始呈现。

微凉的夜色里，我漫步在东山寺，在寺庙独有的气息和氛围之中，仔细倾听着自己来自心灵深处的声音。

东山寺成了我与心灵倾诉和对话的一个地方，也是我生命历程的见证者。

栖居大鹏第二年，我遇见了妻子。回望从教的两年里，每每看着一个个跳入体制内的同事，我望着逼仄的房间，常常陷入挣扎的境地。在这样躁动的岁月里，妻子走进我的生活，她给我的生命带来了独有的宁静，让我静静地打捞起坠入苦难河流中的一个个充满灵魂的文字。她毫不忌讳地在我面前展露自己的卑微与苦难，在这座城市里我感觉特别的亲切，仿若闻到了故乡的味道。我们的童年是如此的类似，金灿灿的稻浪，一条条蜿蜒的乡间小路……我们牵着彼此的手，走在城市的水泥路上，一同前往东山古寺虔诚地跪拜。我们的爱情浸泡在“当当”的钟声里，东山寺以一个长者的身份见证了我们的爱情。

二〇一三年我们有了爱情的结晶，也就是那年冬季的一个寒夜，我儿早产。我像迷失的小孩一般，失魂落魄地来到了东山寺。我跪拜在东山寺大雄宝殿的大佛前，学着母亲曾经的样子，虔诚地、细细地诉说着我的心愿：“求佛保佑母子平安，您大慈大悲，普度众生，我儿亦为众生。”

忆起知晓妻子怀孕的那一刻，我就整日沉浸在浓浓的喜悦之中。夜深人静之时，妻子躺在床上，我低头俯身，耳朵紧贴着她日渐隆起的肚子，仔细聆听着胎儿发出的声音。时而妻子会装作很疼的样子跟我说着，哎哟，儿子又踢了我一脚。脸上却洋溢着即将身为母亲的喜悦和幸福。

“祸兮福所倚，福兮祸所伏”，世事难料，妻子怀孕到二十八周时，出现了严重的早产症状，情况顿时变得危急起来。

我发疯了一般在百度上搜寻着一切关于早产的信

息。“早产是指在满二十八孕周至三十七孕周的分娩，文献报道早产占分娩数的5%~15%。在此期间出生的胎儿称为早产儿，早产儿身体各器官均未成熟，死亡率较高，国内报道为12.7%~20.8%。”我瘫坐在地上，一股沉沉的悲伤突然把我击倒。

一个艰难的抉择摆在我和妻子面前。医生把一张薄薄的单子横亘在我通往幸福的路上，要我尽快签字。是全力保住大人还是保住小孩，我必须签下名字，以确保他们其中一个生命绝对的安全，曾经电影里出现的情节在我的人生中上演。

医生一脸焦急地看着我，我知道我已经没有时间犹豫了，我毅然在救母一栏上打了钩，签上了我的名字。平生不知道签了多少字，可是这个属于我的名字，我却突然感到陌生起来。我内心暗暗祈祷着，希望这个孩子能创造一个奇迹。

我拖着沉重的步子来到妻子身边，她的脸由于失血过多就像一张苍白的纸。她的生命也由此受到威胁，就像一堆燃尽的余灰，只要风轻轻一吹，就烟消云散了。我默默地看着她被推进了手术室，她再次像孩子一样痛哭起来，那哭声响彻医院，就像一个失去母亲的孩子一样，进手术室前，她紧紧地攥住我的手，她认为这可能是她最后一次握住我的手。

妻子撕心裂肺地哭泣着，那是生离死别的哭泣，她紧握着我的手，叫喊着：“老公，对不起！”她的叫喊像钟声一样敲打着我的心。我知道，在她内心深处的母爱让她决定放弃本该青春美好的生命。我的胸腔就像被人用刀剖开，正一刀刀地剜去我心头的肉。她的眼神告诉我，要我好好地活着，要我好好照顾还未出生的儿子。未来的路上，我将额外担负起她的角色。我知道她在给我做最后的交代，这样的交代过早地来到我身边，我才明白生命是那么的感人。

手术室的门关了，而我的门却不可能关上，我期待我那可爱的孩子来感动我一回。我本想坐在手术室旁的椅子上静静地等待妻子，可寂静的走廊让我内心惶恐。我转身奔向天台，坐在天台上，我望着人来人往的世界，幻化出一种虚无的感觉。眼泪默默地滑过脸颊，化成一滴孤独的雨，飘散在空中。我静静地坐着，默默地看着，引来旁边两个正在天台上清扫的阿姨的询问。我哽咽着，无法诉说。她们慈善的脸庞让我想起了远在千里的母亲。她们放下扫帚，慈母般地劝说，孩子想哭就哭吧，哭出来擦干眼泪，楼下的世界又是清晰的。我毫无顾忌地抽噎着，在她们的搀扶下，我来到了手术室门口。想着躺在手术室的妻子，我默默地祈祷着。我想，我的孩子真的是像医生所说的那样，连考虑拯救的机会都没有吗？我想着那个早就给他取好的名字，使劲地捶打着胸口。我独自静静地坐在充满消毒水气味的走廊里，眼睛紧紧地盯着那扇关闭的门。时间就这样一分一秒地过去，我的人生仿佛就在这短暂的时间里游走一辈子。这时间就像穿越了几千年，姗姗来迟地向我走来。在漫长的期待中，我终于听到了手术室内妻子的哭泣中裹挟着一个孩子健康的啼哭。一会儿，医生抱着婴儿告诉我，各项指标正常，不过需要在保温箱内待上个把月。我攥着挂在胸前的母亲给我的佛像喜极而泣。

二〇一三年的大年夜，城市里家家灯火通明，漫溢着人间最为喜气的氛围，儿子却在保温箱中聆听他人世第一个年的鞭炮声。我和爱妻隔着厚厚的玻璃遥望着那个幼小而坚强的生命相拥而泣。

我们守候在静静的走廊与他度过这个难忘的年夜。妻子抽泣着，难受地吞咽着早已凉透的年夜汤。此刻儿子正在保温箱里受着难。

我从儿子的出生看到了生命的顽强和奇迹。当我打开属于他人生中的第一张照片时，我无法相信那个小小的插满管子的他，就是我血脉的传承和延续。那个本该躺在母亲怀中享受母亲甘甜乳汁的生命，却躺在了保温箱中，他是那么的安静。记忆的闸门一旦打开，往事就会像决了堤的洪水一样，汹涌地向你袭来。

三

上苍保佑，在医护人员的精心呵护下，我二斤八两早产的儿子终于健康出院了。有了妻子细心照料，他正沿着生命正常的轨迹迈进。我欣慰的同时，从未忘记感念东山寺的佛。

二〇一四年年底，我和妻子提着供品、抱着儿子，再次来到东山寺。岳母抱着儿子立在寺外的佛祖出世、九龙灌浴像旁。我望着手指苍天与大地的佛祖，双手合拢，默默祈福。九条围着莲花座的龙，嘴里正喷出细细的水流，哗哗的流水声，荡漾着岁月的足音。七朵浮雕的莲花从此处铺到天王殿的台阶前，就像告诉每一个进入寺中的人，要如莲般清除来自社会的污垢，再步入寺内。我牵着妻子的手，拾级而上，整个寺内建筑一进高于一进，愿世人也如此，两侧台阶中间是两幅巨型浮雕，上为庄严的龙，正腾云驾雾，口吐甘露，下为纯洁的盛开的荷花。我站在天王殿门口远眺，前方正是波涛翻滚的大海，再回望寺院身后烟云轻笼的龙头山，东山寺真是藏风之地，得水之所，前有望，背有靠，此乃风水宝地。不知翻腾的大海是否藏匿着命运的暗语。我仿佛看到这一路磕磕绊绊走来的自己，不就像那时而平静、时而惊涛骇浪的大海。大海就如佛的胸襟，它是佛以更形象的方式时时呈现在人世中。

东山寺全貌印入内心，我沿着台阶一步一步走出寺院。岳母抱着我儿立在寺庙之外，儿子正在外婆的怀中酣然入睡。悠扬的佛乐时有时无，飘荡在这座拥有六百年历史的古寺中。我想起了明代秀才王德昌的七律《大鹏东山寺》：“不到东山二十秋，西风藜杖又重游。烟霞有约山如画，岁月无私人白头。檐下花飞深院静，菩提树荫古坛幽。丹梯欲上应长啸，遥望汪洋天际浮。”

时至今日，儿子已四岁有余了，他第一次和我们一同步入东山寺内，不知道他是否就像当年我第一次和母亲一起拜佛一样充满敬意。蓦然回首，东山寺的过往呈现在我眼前。

东山寺始建于明洪武二十七年，六百年风雨过往，沧海桑田，而东山寺却依然挺立于人间。它无声地矗立在大鹏，以一种不变的姿态，默默地注视着人们从自己眼前日复一日地走过，又悄无声息地渐行渐远。寺内一根根漆红的大圆柱，一个个闪着佛光的菩萨，可是有谁知道，二十世纪五十年代东山寺几乎被毁。一座寺庙诞生了，便拥有了属于它自己的寿命，就像一个人。几百年来，东山寺几经磨难，几经修葺，凭借着它的坚硬和顽强穿透历史的迷雾，矗立在世人面前。

东山寺沧桑的历史，让我联想到自己漂泊的命运也是如此，像一个上下颠簸的抛物线。寻工被骗，我攥着仅有的二十元，站立在这座繁华的都市欲哭无泪；躺在逼仄的租屋内，暗夜里聆听着城市的呼吸；寻工落魄留宿东山寺；夹着简历在城市的大街小巷里来回奔跑。手握大专文凭的我挤进了流水线，在那里，我成了机器的一只会思想的胳膊。我的人生被三点一线紧紧地缠绕着，那时我的人生建筑砖瓦不存。立在东山古寺，我满怀欣喜地往古寺的深处走去，触摸那赤红的柱子，就像伸进了古寺的历史深处。

儿子望着案上慈眉善目的佛像，紧紧地攥着我的手，像当年我紧抓住母亲的手。在我和妻子跪拜时，他自然地跪在我和妻子中间，也学着我们的样子，有模有样地叩首，如此端庄。一向喧闹的他，漫步在寺内，却显得如此安静。各个堂内、殿内来往跪拜的人，映入儿子的眼中，他静静地看，用一个孩子的视角来观望。我带着他从天王殿的右侧朝拜，再从左侧出，一路上，他越来越熟练，到最后，他跪拜时嘴里居然不知在嘀咕什么。或许孩子就是佛祖的天使，他们具有通晓佛性的天赋。我又想起八岁的我，看见那对我微笑的佛。

我突然发现，此刻我如此安宁，没有曾经内心的焦急与浮躁。我想其实佛的笑、佛的光一直在我们的身旁。东山寺的佛光照耀在大鹏的每一个角落。

四

站在东山寺的菩提树下，阳光洒落在树叶上，透过叶的缝隙，我看见一片片树叶的影子。每年我总会独自来到东山寺，默默朝佛像跪拜，朝故乡的方向仰望，这渐渐成为我生命中的一个仪式。回望在南方辗转颠簸的十多年，我曾居无定所地过着流浪的生活。十多年过去，凭借着自己的双手，最终在大鹏定居下来。

生命的钟声也慢慢洇开在我生命的河流里。回顾往昔，落脚大鹏前，我就像一只惊鸟在深圳的大街小巷漫无目的地飞翔，撞得头破血流，撞得筋疲力尽。后来，我可以立在树头小憩，然后继续飞行。而今躺在大鹏的怀抱，就像躺在故乡温暖的胸膛，我会梦见水庄，梦见故乡那一缕缕升腾而起的炊烟，母亲正在厨房做着早饭……

东山寺给了我生命的另一种底色。转眼十多载已过，生活在大鹏的时光也会悄然地漫过生活在故乡的时光，熟悉的大鹏已渐渐成为我的第二故乡，我生命的根须也慢慢地扎进大鹏这方热土中。我像一棵大树一般，努力吸吮着大鹏的雨水，枝繁叶茂地生长着，以此来抵御寒风的袭击。

故乡的钟声在梦里敲响，与东山寺的缕缕钟声遥相呼应着。

在喧嚣的都市，欲望沉浮之间，人很容易迷失自己。寺庙的钟声仿佛心灵的药引一般，能让疲惫浑浊的心变得轻盈空灵起来。

许多个夜晚，我独自驱车来到东山寺，在苍茫的夜色里，静静地与自己对话。

夜色中的东山寺，少了来往的游客，添了城市中少有的静，多了几分缥缈与神秘，仿若置身蓬莱。空气中裹挟着的香火味缭绕着整座寺庙，微微的烛光与弱弱的灯光交相辉映，我置身于光中，像镀上了一层金身佛衣，犹如进入了一个神秘的国度。我痴痴地坐在圆形的坐垫上，睡意全无。敲打木鱼的声音还有那有节奏的钟声，一声声流入我生命的缝隙中，像撒落在水中的糖，让浮躁的时光多了几分甜美与宁静。宽敞的客房，朱红的木柱，东山寺褪去了昔日苦难的外衣，多了几分神秘与高雅。轻抚那漆红的木门，仿若触碰了东山寺厚重的历史，推开了岁月的大门。晨起，云烟缭绕，树枝间的鸟早就叽叽喳喳地叫着，俯视氤氲的寺庙，真是犹如人间仙境。斋饭依然是曾经的斋饭，这仅存的朴素，让我重温寻工时落魄的自己。在极具节奏的钟声里，我细数着自己与东山寺交集的往事。

暗夜里，东山寺的钟声时常在我内心深处响起，一声接着一声，弥漫开来，显得空灵而又悠远。东山寺的钟声舒缓而又厚实，它已经慢慢内化成我心灵的音符，指引着我穿行在城市的森林里，往岁月的深处走去。

（原载于《红豆》2018.08）

喊魂

那条唤作州下的路，九岁那年就深深地铺进了我的内心，并紧随我岁月的步伐不停地延伸至南方。

那天，我独自一人挑着竹篓，经过水塘旁的州下路，随着它延伸的方向，印下一个个脚印。我来到这个坟墓前的小园子。秋末，凉风翻过坟墓，吹着我那稚嫩的脸颊，我抓紧时间挖着长在土里的红薯。一个个红薯像一个个腼腆的胖娃娃，拨开土它们才一个个地显露在我眼前。我细心地剥去它身上粘着的土，一个个地往竹篓里丢去，仿佛把方才在家中对哥哥的不满也丢进了篓里。哥最会拿捏人心，母亲叫他去挖些红薯回家，不然明天家里都要断粮了。可是，他就像什么也没有听见似的。其实，哥早就看透我的心，在这样持久的心理战术中，他永远处在上风。他知道我会挺身而出，去完成一件件他不想去做的事。一个个红薯被我丢进篓中。断了蒂的红薯流出黏黏的白液来，沾在我的手上、衣服上。我不知道这是它的血还是泪。它匍匐于大地，被大地孕育着，最后脱离大地去往搭救一个个同样匍匐于大地的人，甚至是牲畜。母亲总能手巧地把它变成各种吃食，端上家里的餐桌。它总是能搭救那即将见底的米缸。母亲喜欢在粥中放些红薯，在蒸的米饭中掺些红薯粒——往往盛进碗里的米饭中，大半碗都是红薯粒。而我最迷恋于烤红薯。红薯以它百变的样式，驱走饥饿。我快速地捡起一个个红薯入篓。

最后一抹晚霞即将被夜的黑侵蚀干净，我听见哥在州下路口喊着我，我应了声，就挑起红薯向家的方向走去。州下路仿若一条主脉，一条条支脉从这里延伸到远方，白天从此处分散出去的人们，又沿着出去的路返回，而后麇集在州下路旁的水塘埂上，洗手的洗手，濯足的濯足，把一天的疲劳交给了水塘。我蹲下身，在水塘里做着挖红薯的最后一道程序：洗红薯。我把竹篓放进水塘，不停地摇晃着，红薯荡涤在水中，一层层泥土的浑浊洇散进水里。一个个红薯变得那么光鲜诱人。我挑起已洗好的红薯，踏着微微的夜色，走在州下路上，一块块冰凉的石块传送着秋的凉意，直抵心尖。我一个寒战，突然感觉好像有人将我抬起，然后就被凸起的砖块绊倒在地。两竹篓的红薯像打翻鱼桶的鱼在地上翻滚着，一地的红薯躺在夜色中。我也躺在州下路的怀中。

我又埋怨起哥哥来，要不是他，我就不会摔倒。疼痛在血液抵达嘴边的时候，涌了上来。我摸了摸头，额头居然有一个深深的洞，血正源源不断地逃窜似的往外涌出。冬嫂看见了，哇哇地叫着。我一只手捂着伤口，抽噎着，一只手不停地捡着静躺在地上的红薯。贵叔拖着我，飞奔回家。那年我九岁。

母亲看见满头血迹的我，转身责怪起哥来，好似这样做能驱走疼痛。哥怯生生地望着我，低下头去。我低声哭泣着，埋怨哥在路口着急地催我。我到了路口，却不见他在那儿等我。母亲望了望哥，皱起眉头，忧郁地看了看我，没有说话。哥低声地说着，他一直和母亲在家搓着麻绳。我望着地上蛇一样缠绕的麻绳，心里一惊，园子里的坟墓清晰地浮现在我眼前，恐慌顿时涌遍全身。

经母亲细心地包扎上药，床头的镜子折射出一个陌生的面孔：一条条滑过脸颊的血痕清晰可见。我想到眼角流着血、嘴角流着血的幽灵。血暂时被驯服，后半夜静默的伤口开始不安分起来，疼痛一阵阵地袭来。我不停地呢喃低语，就像深夜蚕啃食桑叶的声音。我看见死去多年的爷爷站在我的床边，手正提起我踢翻的被子。我挣扎着想坐起来，可是身体却不听我的使唤。我张开嘴，喊着爷爷，那声音如此悠长，而爷爷却好像根本没有听到我的叫喊。他自顾做着自己的事，吸着旱烟，一闪一闪的烟火，映照出爷爷的轮廓。爷爷忧郁的脸上，仿若丢失了自己最珍贵的物件。烟尽，爷爷心痛地对我说，要我好好养病，明晚再来看我。他头也不回地推开门，就步入夜色中，最后我居然看见爷爷走进红薯园后的墓中。

天放亮，我迷迷糊糊地感觉浑身乏力，身体像抽空似的，满身的汗。睁开眼，昨夜的梦像放电影般呈现在我脑海中。滚烫的额头将母亲的手弹了出去。我把昨晚的梦告诉了母亲。母亲的眉头皱得紧紧的。她嘀咕着些我听不明白的话语就独自走开了。

夜奔跑了一天，抵达水庄，爷爷从夜色中如约而至。满脸疲惫的爷爷，诉说着他的苦难。他说房间屋顶总是在雨夜会滴漏出雨水来。他捶了捶背，咳嗽着，痛骂那该死的风湿又犯了。晨起，我如实地把梦告知母亲：爷爷叫我有空陪他聊聊天，还嘱咐父亲有空去修修屋顶。母亲喊着大厅里的父亲，父亲满脸犹豫地拿起铁锹就跨出门去。而我依然高烧不断，疼痛就像一个性格怪异的孩子，时不时要耍脾气，弄得大汗一阵一阵地向我袭来。母亲揭开伤口，一股难闻的味道扑鼻而来。母亲简单抹洗后，转身匆忙离去，差点被门槛绊倒。而后，大厅里传来喧闹的声音。满奶奶颤巍巍地迈进了我的房间，和蔼地说着些安慰的话。我听到了她声音里与爷爷类似的音频。

满奶奶已经八十多岁高龄了，正向九十岁逼近，她自己也给自己算过，这是一道坎儿。大厅里，贵叔的母亲冬菊奶奶安慰着母亲。一会儿，满奶奶说人齐了，该出发了。满奶奶最后站在门口，交代了我待会儿要做的事情就转身离去。大厅顿时安静下来。我从满奶奶的交代中知道，她们准是来给我看病的。这时，父亲回来了。父亲告诉母亲，爷爷的坟墓被老鼠从中间钻了好几个洞。话语中隐藏着丝丝的不安。父亲走进房间，用从未有过的温柔抚摸着我。

这时从屋外边远远地传来喊我名字的声音，由远及近，模糊的声音越来越清晰、明亮，仿佛整个村庄都飘荡着我的名字，它飞入水庄的每一个角落。林子，回来了……林子，回来了……满奶奶喊着，紧随其后的三个奶奶也跟着轻轻地喊着，那声音没有盖过满奶奶的喊声。当满奶奶踏进我的房间，喊出最后一声“林子，回来”时，我按照满奶奶的交代，响亮地应答着。我对她们的这个仪式毫不知情。

两年后，我知道它有一个独特而带有丝丝恐怖的名字：喊魂。那个黄昏，我亲历了喊魂的全过程。我不敢相信，它能有多少效果来喊回那两个已命丧黄泉的孩子。而九岁那年，我确实在满奶奶喊过魂后日渐好转。至今那个疤痕穿透时间静立在我的额头上。事后满奶奶说，我的魂被州下路上一块石头精给缠住了，而那块石头精在我出去挖红薯时就跟着我一路，到达园子，它坐在坟墓上，一直守着，不耐烦的它，化身你哥，站在州下路仿着你哥的声音喊你归家。我觉得满奶奶是个神奇的人，如此神秘的事情，她都能了如指掌。满奶奶说，林子啊，你错就错在应和了那石头精。你一应，你的魂就被它牢牢地拴住了。如果不是你爷爷不停地来提醒你，并和那石头精进行了数次的辩驳，你的魂恐怕真的喊不回来了。听得我毛骨悚然。在往后的日子里，我听到有人喊我名字时，就紧张起来，直到我的姓名第二次响起时，我才循着声音，回应一声。这习惯给我带来了不少麻烦。不过想起丢魂的事，我倒觉得这也是合算的。而望着静静躺在门板上的那对双胞胎兄弟，我知道满奶奶也无力回天了。双胞胎军和平才三岁，他们的父母常年漂泊在南方，忙碌的爷爷奶奶只顾他们的一日三餐，其他的时间就由他们随意在水庄游荡。三岁，他们的世界除了爷爷，就是奶奶，平日里他们永远进不了我的视线，而现在他们以这样的方式告诉我他们的存在。母亲说，直至沉下水底的那刻，他们也不知道如何通过灵巧的嘴发出“爸爸、妈妈”这最牵魂的呼唤。当然，他们的父母再也没有听到的机会了。从前我有时路过他们家时，常常看见他们兄弟俩静静地坐在地上，玩着地上的泥巴，没有声音，没有交流，院子安静得就像没人。现在他们依旧以安静的姿势静静地躺在相隔不到半米的门板上。而院子里却热闹起来，他们的父母忘记了连夜奔袭的劳顿，坐在地上号啕大哭着，手掌击打着大地，一块块潮湿的泥土深陷下去，土以静默的方式忍受着疼痛，它们是认识军和平的，最终也接纳了这对玩伴。

满奶奶深邃的眼神穿透生死，她无声地带领着其他三位奶奶迈出了门槛，没有做任何交代。我看清了她手里拽的那个小渔网，就是这个小网将我曾经丢失的魂给网了回来。后面几位奶奶，分别拿着一碗米饭、两个鸡蛋和一大堆冥纸。我紧随其后。她们在离军、平家百米远的州下路旁的水塘停了下来。我全身战栗，不敢靠前，记忆涌了上来，我害怕这段抓住我魂魄的路。满奶奶放下渔网，把那碗米饭摆放在军、平跌下水塘的那块石板上，两个煮熟的鸡蛋放在碗的旁边。其他几位奶奶点燃了那一大堆的冥纸，纸灰带着一点点的火星开始纷飞、飘散，有的飘到树上，有的落入水塘中。我看见满奶奶眼里浸着浑浊的液体，不知道她内心是怎样的一个心境。她开始喃喃自语，好似念着秘咒。而后其他三位奶奶也开始念了起来，她们一起跪拜，是那么的虔诚。满奶奶拿起网，开始在水塘边打捞起来，带着哭腔的言语不时地蹦出来。反复几次，满奶奶顺着来时的路返回，奶奶们带着哭腔喊着这两个孩子的名字。当她们喊出最后一声名字的时候，院子里的人都期待着，能从门板上传来一声回应。最后，还是满奶奶自己回应了一声。年底，满奶奶静静地走了，带着她自己的那最后一声回应。

考学那年黄昏，母亲蹲坐在州下路石板上哭泣的画面至今都让我难忘。母亲是个勤劳的农人，可是她自己想不明白，为什么自己的勤劳却换不来幸福的生活。面对通知书上那天文数字般的学费，母亲战栗着。我知道母亲生平都不曾一次手握如此多的钱。而供我求学的决心却坚如磐石。州下路见证着一位贫穷卑微的母亲为孩子求学所付出的所有的辛酸。那个时候，天麻麻亮，母亲就出去了，下午我都会和弟弟在州下路口漫不经心地玩着石头，等待奔波一天的母亲。我从未度过如此漫长的暑假，如此的漫长，装得满满的是我对社会、对人情最初的认识。我的学费就这样在母亲一去一回地踏过州下路时，一百、二百地累积着。望着这极少的钱，开学在即，母亲没有更多的时间去筹齐学费，日子以逼近的方式胁迫着母亲。第一次从娘家归来的那个黄昏，我远远看见母亲疲惫地走来，我真想冲过去告诉母亲不想读书的想法。可是还没等我过去，母亲就在水塘旁坐了下来，我和弟弟慢慢地走了过去，立在州下路旁的草丛中，母亲没有发现。我听见坚强的母亲低低地抽噎，她静静地望着水塘，一潭的水铺进母亲的眼中。我和弟弟紧紧地抱在一起，不敢出气。母亲站了起来，往水塘走去，水漫过了她的膝盖。我低声地哭着，想冲出去。而母亲又似乎想起了什么，折了回来。等母亲往家中走去，我才和弟弟紧随其后回到家。至今，我和弟弟都没有和母亲提起这件事。我知道那天，母亲从四个舅舅那儿一分钱都没有借来。我第一次感觉到贫穷这张名片所带来的亲情冷漠是多么可怕。我坐在石板上，仿佛听见母亲在苦难的河流里挣扎哭喊的情景，看见年少的自己望着母亲向河流里走去又折返的画面，看到军、平正踏着浪花向我走来。

十八岁那年，南方像一块磁铁吸引着水庄的年轻人，他们纷纷踏着夜色途经州下路去往了南方。我和好友生华也踏着这唯一一条与外界接壤的州下路前行。当我走在南方硬硬的水泥路时，我铭记路的末端永远是那条州下路，它静静地在故乡等候我的归来。回望这些年穿行在南方的路上我挥洒下的泪水，我像母亲一样坐在苦难的河流旁哭过无数次，站在飞驰着汽车的水泥路旁痴痴地望着，母亲从水塘中走向岸边的画面清晰可见。我在城市奋斗挣扎时，母亲最质朴的教诲时时警醒着我前行。母亲常常念叨：娃在城里，要好好的，别再弄丢自己的魂了，奶奶们是无法喊回城里的魂的。于是，我在南方谨言慎行。要不是生华，我载有灵魂的肉体就将被一块块卤肉给蚕食殆尽。那时单位路旁开始流行手推车式的卤肉摊，出售卤好的猪耳朵、猪肝、鸭脖子、卤肥肠、卤猪肚、卤牛肉，黄里透黑的卤水，裹挟着一块块诱人的肉。廉价的肉，就像自己那廉价的劳动力。我拉着生华，来到摊前，机灵的生华早就和这些摊主混熟了。我看见老板从推车里拿出另外的一些卤肉切碎，拌些辣椒、酱油，入碟，上桌。我和生华吃得尽兴，口感与我自己来吃时有着天壤之别。记得第一次吃时接连拉了两三天肚子，后来慢慢才适应了。我如实告诉生华，生华闭口不语，继续喝着酒，后来还叫来老板一起喝了一瓶。回去的路上，生华吐露真相。原来那摊主就是我们同一个县的老乡，生华也因为之前拉肚子找过老板，并大闹一场。后来，一来二往的，慢慢就熟了，老乡女儿的工作也是生华帮忙介绍的，他们自然就无话不谈了。

而当生华说起这些卤肉的真相时，我忆起前不久吃过的那些肉，差点连胃酸都吐了出来。生华说，老乡之所以从推车里拿肉，因为那里的肉才是真肉，那是专门为熟人准备的。而桌面的肉全是坏肉、假肉。比如那卤牛肉，其实根本就不是什么牛肉，而是老猪肉，一大锅一大锅地炖煮，熟了一上色调味，就当成牛肉卖了。生华指着所有的卤肉摊说，他们进货的渠道都是一样的，他们自己从来都是不吃的。还有什么肥肠啊、猪耳朵，都是些变质的坏肉，这些肉有时好多天卖不出去，再由老板回购进行加工。用硝酸、双氧水一泡，再加些福尔马林，这样就不容易坏了。那老乡还告诉生华，有的卤鸭卖了一个月还在那儿，鸡爪一炸再炸，直到被人买走为止。其间不断地上色，添加防腐剂。听后，我再也不敢吃街上的熟肉了。我望着霓虹灯下晃动的城市，热闹的同乐路边的小摊上，坐得满满的，都是附近工厂流水线上的员工。其实这些人，也包括我，都是这座城市的边缘人。我们流浪于此，为生存改变了我们初衷。我远远地望着这些弥漫故乡气息的卤肉摊主，他们是如何遗弃故乡最纯洁的灵魂，在此谋生的？我想起故乡满奶奶那个卖肉的儿子，每天他家都会将没有卖完的肉廉价地处理给左邻右舍，以这样的方式来行善，难怪满奶奶家是村里的旺族。

后来，生华也跟着那老乡一起做起生意了。他专门做烧烤，一串串的所谓羊肉串、猪肉串，其实都是加工处理的劣质肉。他从来不让我吃。一年后，生华用烧烤赚的钱开了一家火锅店，那时在深圳，刚流行火锅。一个江西人打着正宗重庆火锅的招牌经营，店里每天人满为患，我常常周末过去帮忙。而火锅底料、配料，生华依然进劣质货。慢慢地，连各种锅底，他都能用不同的粉料调配出来。我常常提醒他，要走长远，不能这样做，至少良心上会过不去。生华和我大吵一架。再后来，我教我的书，再没有去他那儿了。慢慢地，我们渐行渐远。很快，他就开起了大酒店，他在这座城市拥有了自己的房子、车子，过上了上等人的生活。而我依然在底层的民办学校匍匐前行。另一个老乡接手了生华的火锅店，钱是挣了不少。不过他与生华不同的是，每到初一、十五，都会去东山寺求神拜佛。无法知晓，他是在为他自己所做的行当赎罪还是为食客们祈福。

而我从教时认识的一个富豪家长，他的做法更是让我心生畏惧，同时感触颇深。他告诉我："我每周六都会去殡仪馆做义工。帮助化妆师给尸体穿衣，推着刚运来的尸体进冰柜。听门口的保安说，每天都有人被送进来。每每看着躺在冰柜里一个个曾经活泼可爱的人时，我生意场上所有的不如意会化作缕缕青烟消散，所有的良知被唤醒。我们最终的结局无非就是如此。像他们一样静静地在此等待化妆，等待着在灵堂与人世做最后的别离，再推进火化炉，一生被焚化成一抔灰。"看着他深邃的眼神，我深深地敬畏起他来。他以这样的方式来唤醒自己纯净的灵魂。这是不是城市另一种形式的喊魂？他继续说："我记忆最深刻的是，那次我在殡仪馆的冰柜里，居然看见曾经生意场上斗得你死我活的竞争对手。在他平静的脸上，我才知道财富、奢靡的生活、人世的争斗，在死亡面前是如此的渺小。面对一具具尸体，我常常想，人活着的意义是什么？后来我公司每年拿出百分之二十的收入，深入贵州、广西偏远地区资助贫困大学生，资助那些艰难前行的人。那时起，我去殡仪馆就显得神圣了。那些人，时刻警醒着我前行。”我回望自己，仿佛看到自己躺在殡仪馆阴冷的冰柜里。这就是我们最终的归宿。而当下，别在还没死去时就丢了自己纯洁的魂。如果生华每周也如此，会如何？

一晃几年过去了，当我从南方归来时，望着州下路水塘里静静的水，望着路旁这方安静的院子，时间似乎依然是停留在十多年前。我仿佛看见了那两个永远长不大的孩子，在院子里玩着泥巴。守院的老人已经先后离去，满满的蜘蛛网结在了虚掩的门上。现在想来，逝去的人是否觉得这人世其实也挺无聊的，一生的时光被无足轻重的所谓名利填充，有时甚至以不惜牺牲他人、迷失自己的灵魂为代价。活他个几十年，到最后离去时什么也带不走，一辈子完了就完了，这个世界的精彩再也与你无关。

归家某日，母亲踏进家门就神秘地说起水庄首富生华的事，我竖起耳朵聆听。原来生华已归家半月。听说因为一直高烧，忽冷忽热，时常梦里惊醒，说是梦见他早已死去的姥爷。在城市大医院再怎么筛查，各项身体指标都是正常的。生华突然想起小时候的喊魂，回到了故乡。母亲说，村里几个德高望重的老奶奶都已经给他喊过一次魂了，而生华并没有好转。此时菊奶奶从生华嘴里探出了真正的原因。生华说出了他这些年做假肉、卖坏肉的事情。更不可思议的是，他的酒店招收了大批年轻的姑娘，也有咱水庄的。她们在酒店里秘密进行色情交易，生华从中获取暴利。他还和一些城管勾搭在一起，他做中间调解人，也获利不少。那些被城管没收的电动车、三轮车，还有小摊的手推车，只要经过生华交一千元的赎金，车就回来。一千元，小贩们要忙碌多少个日夜，但是购买新车价位更高，往往他们最后还是无奈地去找生华。这条产业链在生华的连接中不断循环着，榨取着这些暴晒在南方城市烈日下农民工的血汗钱。菊奶奶听完，勃然大怒，训斥生华，丢掉了水庄人的根。菊奶奶告诉生华，不要再作孽，这样第二次喊魂才有效果。生华唯唯诺诺应着。

听，村庄里，又飘来呼唤生华的苍凉的声音。我想起当年满奶奶轻易就把我的魂给喊了回来。而今，生华已经是喊第二次了。菊奶奶说，生华把魂丢在城市，需要找到曾经在城市接触最多的物件才行。后来，生华找来坏肉摆在州下路边，引来一群狗，狗吃完这些肉后，第二天生华走出家门，看气色渐好。我远远地望着，我知道他在城市行走的路上被欲望精绊住了他的魂。我突然觉得州下路的石头精并不可怕，反而觉得它是那么的纯洁。

州下路以这样的方式注入我记忆，我带着这条路行走他乡。这条路，记住了水庄很多人的脚步声，多少声音走着走着就消失了。多少蹒跚的脚步，多少矫健的步伐，多少沉稳的漫步，多少颤颤巍巍的步履，州下路一一记下。整个水庄的辛酸、幸福，它不曾忘记。母亲哭泣的眼泪挥洒在路上，路长出草作为回应。有时人还不如一棵草，母亲常常说。已记不清多少回摔倒在这条路上，而母亲总会及时地出现在我的面前，将哭泣的我扶起，心疼的话语逗得我又破涕为笑，好像摔倒的是她，而不是我。州下路的石块也被母亲诅咒了无数回。我想九岁那年石头精抓我魂魄，就是对幼时母亲咒骂的一个报复吧。沧桑的州下路，至今依然布满着石头，曾经绊倒我的那块石头依然昂着头挺立在路中。城市中的水泥路依然没有侵袭到这里，父母作为水庄最后的守望者，他们的心酸和路的辛酸已然融为一体。州下路以守魂的身份匍匐在村口。

（原载于《红豆》2017.04）

生死场

低沉的唢呐声、间歇而又极富节奏的擂鼓声，裹挟着风迅速灌满整个水庄。它们就像号角，召唤着散落在水庄各个角落的大人、孩子。我循声飞奔而去。水庄人已麇集于此，祠堂门两旁整齐地站着一张张熟悉而陌生的脸，恐慌、胆怯、好奇、平静，写在脸上。

在祠堂上空，成群的乌鸦发出难听的声音，盘旋着，对面的树上也密密麻麻地落满了这种不祥的鸟类。身旁的二牛为了彰显自己过人的胆识，他向那群乌鸦掷去一块石头，乌鸦们丝毫没有恐慌，神情严肃地聆听来自祠堂内的哭泣。那零零落落、此起彼伏的哭泣声，敲打着每一个水庄的人。一个大人小声训斥二牛："娃，你不该惹怒它们啊，到时你死了，它们就不给你的魂魄带路了。"顿时，恐惧就像电流一样瞬间涌满全身，我害怕二牛的鲁莽牵连我，毕竟我站在他旁边，就像乌鸦站在死神的身旁一样。我的慌乱让我忽略了二牛更深的惧怕。他双手紧紧地攥着我的衣服。他更害怕自己死后没它们引路。

虽然，我对死毫不知情，但是透过祠堂门狭小的缝隙，我窥视到死的结局与排场。这也许是死神蓄意打开的缝隙，以便恐吓我们的不尊，让它的仆役更具震慑力。祠堂内一排排整齐站着的是一个个身着白色麻衣、头戴白色麻帽的人，这是死神中意的样子，也许预示着亡灵会像天使一样步入另外一个世界。最右边是唢呐的队伍，他们面无表情地吹着魂归的曲子，擂鼓的人富有节奏地敲击着鼓面。祠堂里的人依次地跪拜，而后就是揪心地哭泣。我顺着门缝紧紧地盯着那充满死亡气息的空间，想看看死的样子。可是除了白衣，我再也看不见任何关于死亡的场景。

突然，树上的乌鸦一只只展开伞状的翅膀，低声叫着，冲上天空。祠堂门口的人群开始后退，我被挤得一个踉跄。门口，开始烧起一大堆一大堆的稻草，浓浓的乌黑的烟飘升、弥散开，它们在乌鸦群里洇开，这是在向死神的仆役递交亡魂的路费吗？不知道这样廉价的供奉，能否让它们满意。黑烟缭绕，继续升达，它们将抵达死神的处所，敲开神的门，传达摆渡亡魂的申请函。烟雾飘散，风夹杂着灰尘，灌进了祠堂，哭声渐渐低沉。我死死地盯着门口，一个和我年龄相仿、全身白衣的孩子，茫然地捧着一个写满字的木板，踏出了门口。站在门口，手举燃烧稻草的两个大人迅速地走在孩子的前面，滚滚的乌烟，向紧随的队伍飘去。门外的大人们各自招呼着自己的孩子散开，躲到祠堂左边的巷子旁，说是给亡灵腾路。祠堂门口的路，一直延伸，延伸到墓地。这就是亡魂归家的路。孩子身旁站着一个大概负责搀扶他的人。队伍慢慢地路过巷子，紧随他们的是四个抬木棺的人。我想紫黑的木棺那就是死亡的颜色，它深深地震慑着每一个人。抬棺的人面无表情，从他们费力的样子，我知道人死后体重会变重。有人细语，装载着一辈子的故事，能不重吗？

队伍在一缕缕黑烟引领下，拖着长长的尾巴，慢慢地向着墓地进发，人群也各自散开了。乌鸦也不知道何时在天穹消失了。它们来去自由，从不和任何人打招呼，以彰显自己和死神的亲密关系。水庄又恢复到曾经的样子，人们脸上又露出了笑容，仿佛从来就没有发生过什么。祠堂的门，发出瘆人的吱呀声，就紧闭了它沉重的通往殊途的路。我们咋咋呼呼地来到了门口，二牛为了拾回方才丢去的面子，扒在两扇门的缝隙处，想要窥视另一个世界的模样。我感受到来自祠堂里死一般的寂静，不禁畏怯地往后退去。二牛转过身，描述看到的情形：满地的萧条，主堂已是茫茫的黑，只有一地白色的麻布，还有一堆稻草、几只黑色的凳子和一张黑色的桌子，一个高高悬挂的鼓，白色退去，黑又填满了祠堂。黑的鸦，黑的烟，白的衣，这就是死亡的颜色。

没有了新鲜感的祠堂，被我们这群不谙人世的孩子，毫不犹豫地丢下。来到水庄空旷的山野，二牛突发奇想，要毫不忌讳地复制这起恐惧的葬礼。二牛让我扮演那个端木牌的孩子，他说我合适。等角色分配完毕后，不知道是他刻意忽略，还是一时疏忽，我们才发现，这场游戏的主角却没有落定。我们一齐把目光投向二牛。他故作轻松，面无表情地躺在地上，一动不动。葬礼开始了。哭丧的两个孩子双膝跪地，佯装悲痛的样子，失声痛哭起来，虚假的哭丧还是无法引出眼中的泪水，他们干脆往眼角抹了些口水。看得我又想笑，又觉得恶心。在间歇的哭泣后，四个孩子就地把躺着的二牛抬起，二牛居然毫无反应。一个机灵的孩子伸出手指试探地放在二牛的鼻孔处，他能感受到生命的气息，传至他手指，涌布全身。这家伙居然在这样隆重的仪式上，睡着了。不过，这丝毫没有削弱任何人游戏的兴致，反而越发地渗出某种莫名的冲动。我早早就端着木牌站在队伍的前头。在我前面，负责举火把的孩子早早就扯好了细细碎碎的杂草，等着葬礼的开始。唢呐声、擂鼓声响起。我真佩服二牛，挑选的两个家伙居然像复读机一样，丝毫不差地把那葬礼的音乐，效仿得如此逼真。四个家伙，费了大劲，终于将沉睡的二牛抬起来。深睡的二牛还真沉。也许，我们睡着的样子，就是一次次的死亡演习。我也装着茫然的样子，端着木牌慢慢向前走去。前面的伙伴，赶紧扬起手，将一把把的杂草撒了出去。野草纷飞，两个哭丧的孩子，脸上已经掺杂着笑意了，撒草的孩子即兴充当了喊魂的角色。他阴阳怪气地嘟囔着。终于，到了土坑旁，他们轻轻将二牛放下。我们把采摘的一根根树枝，盖在了他的身上。盖着枝丫的二牛，引来一群乌鸦的盘旋，乌鸦的叫声把沉睡的二牛惊出一身冷汗，他嗖地端坐起来。他一脸尴尬的表情，突然像想起什么似的，僵滞的脸含着畏惧。我知道，在那葬礼上大人的警告让他耿耿于怀。童年的嬉戏是否过早地演习了人生最后的落幕，人生还有比这更让人惧怕的游戏吗？其实人生或许就是由一场场游戏构筑，它们一步步地将人生铺向远方，最终铺向黑夜。

世上的任何人都是死神的一笔定期存款。在出生往后的时光里，死神随时会来到你身边，取走属于它的那笔到期的款项。葬礼成了水庄人直面死亡的唯一机会。一代代水庄人，在葬礼上完成了对死亡的认识，这样的经验外人无法亲自体验。孤独的老者平静地调侃着死亡，毫无惧色。他所期待的死亡，迟迟没有盼来。死神似乎遗忘了它拥有的这笔储蓄。也许是老人对死的肆无忌惮的谈论让死神望而却步，抑或是在冥界死神也无法让这个空巢老者摆脱孑然一身的困境。逐渐懂事的我明白了，死是一件不必着急的事，因为我们每一个人正一步步地迈向它。它正随着光阴的行走，徐徐地收回手中的线。

岁月嬗递，几十年过去了，我依然忘记不了二牛那僵滞的脸，我明白那是一种对死亡的恐惧。二牛一定先于我省悟死亡的密码。知晓，方会惧怕；知晓，才会从容。这些年，奔波他乡，在这里每天都有人急匆匆的，来不及打点行李就走了，也有的人从从容容地闭眼。而面对这些，水庄很久前就给我正式地上过这一课。我拥有从未有过的平静。我好像看见水庄老者无惧死亡的脸。据说，他死得很安静、很安详，祥和的脸上，保持着微笑的姿态，这是让死神敬畏的姿势。散落四方的孩子，归来，望见笑意中隐含孤独的父亲，他们再也抑制不住心中的愧疚，号啕的哭声响彻水庄，击打着水庄一扇扇孤独大门后孤寂的老者。这是否能敲醒远方游子的心？我突然念起远在水庄相依为命的父亲母亲，环望逼仄的租屋，这算是童年嬉戏延伸的另一个游戏吗？

二牛一语成谶。当我端着奶奶的牌位走出祠堂时，我才会意死亡是沉甸甸的痛。我再也不用透过门缝窥探死亡的样子。当我在几百公里之外闻听奶奶去世，心里为之一震。驱车去赶赴一场与自己有关的葬礼。当我抵达这个曾经让我充满恐惧的祠堂时，奶奶早就被至亲洗浴完毕，着上了紫黑的寿衣，躺在木棺中。紫黑的木棺是摆渡亡灵的船。木棺，摆放在祠堂中央的屏风后面。一块屏风，两个世界，如此贴近，却又如此遥远。我绕着奶奶的棺木转了三圈。母亲伏在棺木上，哭声震天，一旁的婶婶平静地看着，绕过三圈兀自走开。奶奶生前极度疼爱的孙女已为人母，她冷漠地、象征性地走过三圈，撇下奶奶，极速穿过屏风，站到前堂。奶奶的死状，至今是我的一个痛。当我第一眼看见躺在棺木中的奶奶时，我突然明白什么是死不瞑目。她瞪着眼睛，眼神里浸透出的满是恐慌。张着大大的嘴巴，是她遗留人世最后没有说出的言语。母亲叫我用手抚闭奶奶的眼睛。当我探出手，触碰到奶奶已经前往另一个世界的躯体时，一股寒流带着死的气息传遍全身，死神蛰伏在这具冷冰冰的身躯里。我用手轻轻地从眼睑往下摩挲着，母亲在一旁带有歉意地宽慰着奶奶，叫她一路走好，可是她就像一个倔强的孩子，眼睛依然瞪着，嘴张得像呐喊的人。母亲越发痛苦。一旁长者，责怪了几句奶奶，就带着我们来到了前堂。我不知道，在旁无一人的夜里，死神如何来到奶奶的床前，招呼都不打就如此匆促地将她带离。这算是它的不敬，还是在惩罚世人的不孝。我宁愿相信死神是怜悯奶奶，是责怪她的至亲。年近六十的父亲仿佛瞬间苍老了许多，躲在房间里痛哭，嘴里不停地念叨着：我再也没有妈妈了，我妈妈死了。这啜泣声穿透整个寒冬。神秘的后堂，水庄每一个人迟早会抵达的地方。举目前堂，一览无余，目光跳过天井，穿过大门，我望见门两旁站得满满的人，有调皮的孩子钻在大人的裤裆下，好奇又胆怯地张望。乌鸦像赴一场盛宴，身着庄严的黑礼服，如约而至。祠堂正中是方方正正的天空，每到雨季，雨汇聚到大堂的天井中。这里一直是与天、与死神最近的地方。入门，奶奶的所有至亲，都按辈分依次排开。一代代，踏过搭铺在天井上的木板，到屏风前，按司仪的号令，三跪九叩，与奶奶辞行。我的心穿透屏风，告慰静候上路的奶奶，路上慎行。从后堂到墓地，就是奶奶到达另一个世界最后的路程。曾经疏于照顾她的亲人，此时不管是出于亏欠还是悔意，不管在何方，不管有多忙碌，都会聚到这段路上，静默地陪同奶奶走过。我捧着牌位，滚滚的浓烟中隐伏着她的魂魄，乌鸦追逐乌烟，护送亡灵安全归家。墓穴是抵达死亡的门。木棺推进，封存墓门，人世的一切关在门外，包括她的子嗣们。随着岁月的推移，每一个人将在大地的任何一个地方打开抵达死亡的门，通过甬道，在一个无法知晓的地方团聚。

墓穴是通往另一个世界的门，也是一个世界的终结。骨灰的分量就是你灵魂的重量。都市，亡灵归家的路更遥远而曲折，他们会聚太平间，再迁移至殡仪馆举行葬礼，再推送至高温的火炉，手捧的牌位变成了一个匣子，直抵墓区。在最后的行程里，没有乌鸦的守护，却有贪婪的死神的寄生虫，以致更多的亡灵连茅舍都无法拥有。杭州的一块墓地价格昂贵到惊人，人间是否早已和死神串通了？难道在死神的地界里也分贵贱贫富？人们在死亡的路上装扮得如此奢华，难道是为了贿赂死神的仆役？我突然担心起水庄的亡灵，担心起奶奶来。以他们的身份、地位、着装，是否有足够的资本在那里受到优待？清明时节，山野到处是未烧殆尽的纸钱供奉，各种各样，逼真的阴钞，印着一个个触目惊心的数值。对于那个虚无的世界，世人都乐意假以人间的思维去定义它。贫穷者期望富有，富有者不惜把真金白银带进墓穴中。他们更愿意坚信，死只是另外一个世界的开始。

那些抵达权位巅峰的帝王们，裁定了死亡的高低贵贱。对死的称谓也有着森严的界定。据《礼记·曲礼下》记载："天子死曰崩，诸侯死曰薨，大夫死曰卒，士曰不禄，庶人曰死。"

帝王们对死亡的惧怕，让他们不吝行使生前拥有的一切：权力、财富，甚至是他们子民的性命，来铺就他们另一个世界的繁华人生。埃及金字塔前，蹲守的狮身人面恭肃地遥望，不知人间最奢华的供奉是否能收买它？不过，通往法老隐秘世界的甬道至今仍然在那儿惬意地沉睡。而耗时半个世纪的"东方的金字塔"茂陵，却难逃厄运。它的恢宏让人垂涎。每年倾入国之三分之一的财富，构筑的奢华的地下皇宫，却无法让汉武帝静静地享用。巨大的陵墓，彰显地位与权力的同时，也招来了更多的掘墓者。

帝王巨大的陵墓，奢华的葬礼，在死神面前讨好式地炫耀自己的地位与财富，以便告知对方自己所具有的贿赂的资本。康熙大帝驾崩，葬礼所费不赀，处处彰显出至高无上的皇权与奢华。繁多的法事与吊唁事宜，在通往冥界的日程里，显得特别的拥挤；不断地诵经，以死神通晓的语言，超度着这个权位巅峰的亡灵。文武百官，三跪九叩，号啕大哭，声震苍天。无法知晓，他们是在答谢死神，还是在为亡灵祈祷。紫禁城内焚烧着成堆成堆的即将抵达另一个世界的冥钱供奉。黑烟缭绕着整个京城的上空，就像成千上万只张开翅膀的乌鸦。如此巨大的一笔财富，却只是帝王寄给死神的一笔小费。引幡人高举万民伞，缓慢地走在送葬队伍的最前列，充当着亡灵的开路人，并不断地向空中抛撒着一张张买路的冥钱。庞大的卤簿仪仗队，绵延十几里，浩浩荡荡地向着陵墓进发，十分威严。黄色绸缎装点的灵柩，在阳光的照耀下显得如此的庄严。葬礼的奢华与穷酸，是死神界定亡灵尊卑贵贱的一个因素吗?

英年早逝的二牛是不是死神贱卖给帝王的仆人?他的死暴露出死神的粗鲁与势利。二牛死后四五天，才被收租的房东发现。屋内随处是张着圆嘴的啤酒瓶，一箱箱方便面码在门后，尸首的臭味弥散在狭小的房间里，这是死神喜好的气味。暗夜里，房东就地卷起床上破席，将他葬在后山。穷困潦倒的二牛，将游荡在这个陌生的世界里，他没有任何资本去讨好死神。我无从知晓，在这纸醉金迷的城市，有多少人悄无声息地离去，有多少亡灵无家可归。其实这一切都是死神设下的一个个陷阱。活着的每一个人都无法探秘到死神的地界，就算帝王又如何？在死神面前，都得俯首称臣。

听，死神手中紧握的镰刀骤然响起，又有人在声起声落间倒下。

（原载于《作品》2016.11）

一条狗的使命

细碎轻柔的阳光透过树叶，在地上留下生命的剪影。十岁的我放学归来，远远地，看见村子中央的老樟树下聚集着一群人，嬉笑怒骂声不时从人群里漫溢出来。喧嚣的人群像一块巨大的磁铁，勾起我的好奇心，我在尘土飞扬的小路上飞奔起来。人群拥挤，我从缝隙中挤到中间，看见两只狗正在大树荫翳的角落里交媾，沉浸在欢愉之中的它们偶尔低沉地呻吟叫唤几声。

在人群中刚站稳，站在我前面的小海忽然扭过头来，一脸兴奋地看着我，而后大喊起来，阿淋，你快看，是你家那只黄狗呢！我仔细瞅过去，果然看见阿黄熟悉的背影。小海的叫喊声引来了众多目光，它们聚焦在一起，扫在我脸上，让我感到尴尬万分。一只狗恐惧地挣扎意欲逃去，另一只狗羞涩地低垂着脑袋，被同伴拖着被动后退式地紧随，并发出低沉的叫声。我愤怒地捡起一块大石头，挤开人群，砸在两条狗密不可分的地方。剧烈的疼像火一般在它们身上燃烧起来。我看见黄狗喘着粗气，急促地叫唤着，一脸哀求地看着我，而后奔跑着，渐渐离我远去。我看见它在弥漫着泥土气息的田埂上奔跑着，适才那只与它交配的狗紧跟在它不远处。

散去的孩子余意未尽地回头，注视着在田埂上奔跑的两条狗。它们跌跌撞撞地向它们希望的远方逃走。它们从未离开，也未想过离开。忠诚的它们，一代代通过这样略带嬉戏般的羞辱而媾和繁衍着。几日后，被我砸伤的两条狗再次遇见水庄的那群孩子们时，它们依然投去亲昵而温顺的眼神，善意地摇着尾巴，孩子早已忘却那只被他们羞辱的狗。狗不会忘，但是绝不会记仇，就像一个母亲不会记恨自己孩子的过错一样。

水庄的狗熟悉这里每一个孩子的气味，孩子们要好的同时，他们的狗也亲密无间。它们汇成了水庄狗的世界，它们有自己的领地，但也乐意同享。狗在水庄到处奔跑、串门，有时也会有纷争，但是水庄的水土孕育不出恶霸来。它们短暂的仇恨瞬间被要好的孩子们融化。狗成了每一个孩子童年最不可缺少的玩伴，甚至是亲人。水庄的狗比孩子的父母都更熟知他们童年的故事。因为它们本就是孩子童年的一部分，楔入其间。漂泊在水庄之外的父母，永远无法知晓孩子童年的故事，孩子深邃的眼神里，隐匿着童年无法言说的孤寂。那些年轻力壮、貌美青春的水庄人，像断线的风筝一样，消失在城市的角落里。狗担当了水庄的守护者，它们在暗夜里守护沉睡的水庄。一声声的狗吠，那是它发出的善意的警告。集体的狗嚎，让怀有恶意的人闻声丧胆。那些留守在水庄的老人、妇女、孩子在一声声犬吠中安然入睡。

从记忆的河流里打捞往事，童年里阿黄浮出时间的水面。水庄，昼夜自然交替，没有奢华的仪式，不喧不闹，黑夜就像幕布一样挂在天穹。这是真正的夜，没有霓虹灯玷污的夜。寂静是夜最原始的状态。星群按部就班，用它们迷人的星光，缀出神秘的图案，那是夜吐露出天公的隐语。童稚的我认为漂泊在喧嚣城市的父母一样能望见如此纯净的天空。

夜至水庄，饭后奶奶在厨房里，做着一天中最后的功课，厨具的撞击声和奶奶的喃喃自语显得如此的悠长。院子里，我和阿黄静坐在草丛上，寻找夜空中可能折射出的城市里父母的图案。四周蟋蟀的歌唱此起彼伏，它们开始了昼伏夜出规律的生活。远望，水庄的影子影影绰绰地潜伏在夜温暖的怀抱，夜勾勒出水庄独具韵味的轮廓。

父母在外打工，电话里，他们叮嘱我好好照顾自己，便去上晚班了。电话中，父母的声音显得匆忙而焦虑。思念变得漫长而浓郁起来，我经常在睡梦中梦见母亲。我痴痴地和夜空对望，常常能看见他们在星星的背后冲我微笑，抑或用星群编织出一个个玩具的模样，逗得我独自发笑。阿黄安静地躺在我的腿上懒懒地望着独自发笑的我，就像我曾经躺在父母的怀里望着偶尔窃笑的他们。它是如此的享受。我不禁顺手捋着它那光滑的毛，就像妈妈抚摸我的头发。阿黄平稳而律动的心跳，传达着一只狗幸福的时光。夜，我躺在藏有父母的夜空下，阿黄躺在我的怀里，童年就这样在一个个夜的驱动下流淌过去。

日历一页页翻过去，树叶一片片落下来。年复一年中，奶奶站在院子的门口，望着阿黄和我慢悠悠地向学堂进发。那时父母常年在外，阿黄是我最忠实的朋友。路上，有时阿黄慢悠悠地、满是心事地紧随身后，有时又兴奋地狂奔在我的前头。遇到纵横的沟壑，它总是先敏捷地跳过去，再跳回来。体育课，我特意溜出校门，目光搜寻阿黄的影子，它正静静地躺在校门口的大树下，头搭在两条前腿上，饱含孤独的眼睛正呆呆地望着天空中的白云。当我呼唤它的时候，它带着惊讶的神情奔向我。我能感受到它的欣喜。我想起在外奔波的父母，他们候鸟一般，每年年底才回来；我还记得他们在水庄村口的那棵樟树下，声嘶力竭呼唤我的情景。那天我向村口走去，远远地，就听见那魂牵梦萦的声音，我带着哭腔飞奔而去，阿黄绕着远归的父母，咿咿呀呀地叫唤着。童年里父母留给我更多的是樟树下的呼喊与分别。只有阿黄是我童年路上唯一最忠实的陪伴者。更多的时候，阿黄在我心中不是一只狗，而是一个不会说话的哑巴朋友。它饱含感情的眼神，铺就了通往我内心的桥梁。

我慢慢远离故乡，远离阿黄。我独自外出求学，在城市里过着漂泊的日子，而阿黄就孤独地行走在水庄的路上，慢慢地走向苍老。走在城市昏黄的霓虹灯下，灯光将我的影子撕裂，投射出不同身长的影子，它们不停地纠缠着我。我无法分辨真正的影子与真正的我。我不断地挣扎，终究无法逃脱，唯有黑暗方能还一个无影的我。我想起水庄深黑的夜。夜的天被灯光搅碎了，城里璀璨的灯光吓走了星群，黑夜挣脱光的束缚，逃离城市，奔回它的老家。

喧嚣的广场，暴露出一座城市的孤独。来自五湖四海的老人操着各种口音，他们在躁动的他乡已然不需太多的交流。扩音器巨大的、富有节奏的声律，牵引着他们舞动僵硬的身躯。富态的老妇口中呢喃地呼唤着：儿子走慢点。这富婆称呼宠物狗为儿子。循声望去，一只身着外套头套项圈的白狗奔跑着，向另一只黑狗靠近。从它惊喜的眼神，我想到第一次回水庄时阿黄看我的眼神。这只黑狗，丝毫欢迎的表情也没有，一脸的冷漠与高傲。一场交流，看似就此中断，黑狗猛地扑向白狗，咬得白狗猝不及防。事情并没有朝好的方向发展，战火蔓延开，狗的主人们开始对骂，到最后拳脚相向。狗已然成为他们彼此家庭中不可或缺的一员。从他们的骂声中，彼此都在炫耀着自己养狗的付出：高级的口粮，定制的外套，定期毛发的保养。对比他们养狗的支出，我突然第一次涌出一种做人的自卑。夜晚的广场，遛狗的人不少。它们被一根根绳索套住，我想起自己，是否也是被时光套住的一个囚徒。城市里，狗没有了自己忠实的伙伴。阿黄比它们幸运，整个水庄的狗，如此亲密。

马路旁地铁的入口，涌动的人群，进出这个快速送抵目的地的通道，这是否在演习抵达另一个世界的路径？路口两旁摆满了廉价的日常用品，白天忙碌一天，还要在此叫卖，惊扰了夜，也惊扰了本该属于自己的夜。他们是否有个孩子，像我当年一样，在他的故乡仰望着星空期盼着他们。这座城市里涌动着漂泊的气息。瞧，那只邋遢的小黄狗正用嘴拱起地铁口旁成堆的垃圾，这是一只漂泊的狗，从故乡到此沦落成这般模样。

孤独飘散在空气中，在喧嚣而拥挤的广场，看着这只无主的小黄狗，我想到自己漂泊于此的处境。我奋力寻找着融入城市的入口，有时出卖自己的尊严，践踏自己的人格，屈身讨好他人，以换取一点点蝇头小利与温情，我已失去仰望星空的情趣。对阿黄的温暖记忆将误入歧途的我惊醒，折返是给予邪恶最有力的回击。在归途中，我看到被自己糟蹋过的自己：满嘴的胡话，口蜜腹剑地称兄道弟后，又喷出毒液一样的信息，通过一个神秘而幽暗的甬道将对方送抵受辱的境地；望见被委屈埋葬的自己，驮着满身委屈，又将屈辱泼向一个个无辜的、漂泊的人。我方知自己已经走得太远太远了，远到忘记了水庄传承给我的最美好的星空，遗弃了阿黄用体温传递给我的温情。弄丢黑夜的城市，生活在这里的人，已经没有更多休憩的黑夜让人们在夜里洗涤自己一天的贪欲与罪恶。是霓虹灯驱赶黑的夜，光是城市罪恶的渊薮，它让恶一直缠绕在内心，不断地叠加，最终被一堆堆的贪与欲吞噬。对阿黄的回忆唤醒我这么一个在城市里迷途的羔羊。光鲜的城市，茫茫的人海，都是孤舟一片，我们都在独自地寻觅着各自的生活。小黄狗终于在众多的垃圾中，寻觅到它今天的口粮，看它充满激动而满足的眼神，这就是幸福的样子。然而，我们寻遍这里的每一个角落，也寻找到不少珍贵的物品，但永远也无法展现这种眼神。

黄昏，一对夫妻拉着孩子的手，让孩子吊起，做飞翔状，孩子双腿不断划动，在父母的牵动下飞翔。忽然一个趔趄，他摔倒在地。孩子的父母十分心疼地把他紧抱在怀里。这场景让我想起年幼的自己摔倒在地，奶奶吃力地抱起沉重的我，来不及安慰就转身去忙碌，阿黄伤心地舔着我的伤口，我抱起阿黄，眼角孤单的泪流出。而今，当我摔得遍体鳞伤的时候，从未期待任何人的搀扶与安慰，独自爬起，仍然前行，这无非是童年功课的延续。在城市，我养活自己都显得如此艰难，带上一只狗，我不知道我能给予它什么。望见每一个在此洋溢着幸福的孩子，我无法不想起那些至今仍然像当年的我一样，在水庄孤独行走，唯有狗陪伴着童年的孩子。

城市的黑隐匿在广场旁的公园里，这里异常寂静，公园一角一只血统高贵的昆明犬正和那只方才饭饱后流浪于此的小黄狗偷欢着，从它们发出的呢喃低语，可以读懂它们的幸福与享受。无从知晓，它的主人要是获知这场门不当、户不对的爱情后，是否会扼杀这纯真的爱恋。

那个黄昏，父亲忽然打来电话告诉我，疾病缠身的黄狗去世了。我紧握手机，就像攥着写有阿黄讣告的纸，独自静坐在漆黑的公园里，内心忽然被一股涌动着的悲伤淹没。

阿黄的死通过父亲苍老的声音抵达我耳边，带着人世的一丝苍凉。阿黄在我孤寂的童年里，寸步不离地陪伴着我，而今它却在水庄守望我归家的路口，孤独地上路。电话里父亲说，有时他去县城打工，阿黄会在水庄口的樟树下半蹲着，向着他离开水庄的路口，静静地瞭望。从家门口到樟树下的路上，带着希望出发，中间横亘着静静的守候，再带着失望归来。阿黄不厌其烦地来回漫步在这条日渐苍老的路上，它矫健的步履慢慢变得蹒跚起来。

有时它会在大树下孤独地睡去，睡在寂寥的村庄，风吹乱了它的毛发。有时它的梦境被呼啸而过的汽笛声惊醒，响亮的车声是我从远方归来的象征。在混乱喧嚣的环境里，阿黄却能从中嗅到我的气息。有时远处出现一个熟悉的身影，它会欣喜若狂，飞奔而去，却常常失落而归。城里的汽笛声却惊扰不了我的梦，恰恰是那鲜有的狗吠却能把我的心攫住。再灵敏的鼻子也有失灵的时候，阿黄已经苍老了，浑圆的肚子已经肋骨横突。阿黄最后还是被汽车带走了。父亲说，那天一辆与我的车酷似的车经过庄口，阿黄狂叫着，它闻着了远方的气息，循着漂泊的味道，紧随汽车狂奔，在庄口的拐弯处，被一辆汽车碾轧了。肇事车逃走了，像我当年逃离水庄一样，头也不回地走了。

阿黄躺在地上，眼神带着一丝悲伤与对尘世的留恋，朝着汽车离去的方向望去，它知晓那是我和我的父亲经常远离水庄奔向城市的方向。漫溢城市味道的汽车呼啸而过，就这样带走了阿黄的气息和魂魄。

一个寂静的黄昏，我驱车回到家里，在父亲的引领下来到山前的那块小土堆前，我在那个窄小的坟头默默插上三炷香。夜色降临下来，笼罩着整个山头。我紧跟在父亲身后，暗淡光线的映射下，看见的是父亲瘦削的身影，还有他那半弓着的身躯。没有了黄狗的陪伴，父亲变得孤单。

回到家，昏黄的灯光下，父亲忽然跟我说，其实，人的命就像狗一样，差不到哪里去。

（原载于《满族文学》2017.05）

我十八岁那年

汽车开始慢慢地爬行，只听见发动机在嘟嘟地叫个不停，还有汽车内嘈杂的吵闹声。对此，我没有多大兴趣。我扭过头，看见父亲依然站在那不叫站台的站台上，手不停地挥动着。父亲在后移，不过我依然能够看清父亲下巴上那邋遢的胡须，还有夹杂在黑发中那银白色的头发，我下意识地摸了摸自己的下巴，感觉有根根刺人的毛针。

那年我十八岁。我不知道那胡须，是不是父亲胡须的延续。对此，我有丝丝的恐慌，也有丝丝的好奇，不过我也没太多的兴趣。

转过头，望着窗外，街道两旁熟悉的招牌像一个个拄着拐杖的老人慢慢地离我远去。父亲总是说，外面的招牌可大了，有的比一栋大楼还高、还大，我总是想不通，要那么大的招牌做什么？我想父亲是骗人的吧。

我把头伸出窗外，扬起手，向父亲挥动着，我不知道自己为什么会这样做，我想也许是受到电影情节的影响，或许为了给父亲一个惊喜。反正，我的手一直朝父亲挥动着，父亲也一直望着我，我不知道他能否看清我的脸庞，看清我下巴上的那根根毛刺。而父亲在我的视野中，一点一点地变小，像高飞的雄鹰，一直到最后变成一个黑点，消失在我的视线中，我方把头缩回车内。除了车内把手上的那几句广告词有些许亲切感之外，其他一切都是那么的生疏，一张张与自己无关的脸蛋，一句句跟自己生活永远都不会相交的话语，甚至有的人脸上洋溢着激动与欢乐，那又与我何干呢？一路上不断有人攀上这辆本已臃肿的车，可是再多的人也不会引起我注意，在这茫茫的旅途上，始终只有我一人。没有人把目光投向我，没有人和我搭话，我也没有和任何人搭话，就这样静静地坐着，想着到处是黄金的圣地。

汽车开始不停地摇晃，窗外的景色像一个永不停歇的奔跑者，不断地、极快速地朝后飞奔而去，父亲的话也不停地在我耳边回荡。

父亲说你已经十八岁了，该自己出去走走了，去看看外面的世界，接触接触外面的人。父亲说的时候，是那么的自豪，对外面充满着好感与向往。开始我总是不太喜欢外面，总是觉得离家太远，觉得外面是个不可知的世界，是个陌生的天地，外面的人都像咱家乡人一样亲切吗？我害怕外面不欢迎我，更害怕自己把自己给走丢了。所以父亲说到外面时，我坐在椅子上的屁股总是不自然地扭来扭去，我也不知道放出了多少个不声不响的屁，我害怕屁的响声会把父亲的兴致给放没了，但很显然，父亲根本没有在意我的那几个屁。他依然不厌其烦地讲述着他在外面的见闻。而他讲得越是精彩，我越害怕。我两手不停地搓着，两只脚紧紧地夹着，总是有种内急的冲动。父亲看了看我，以为我是内急了。可是他依然继续给我讲述外面世界的繁华。

那里到处是高楼大厦，宽宽的马路，汽车就像家里的自行车一样多，而人人都温文尔雅，个个西装革履，油光可鉴的皮鞋都可以用来当镜子。马路都是笔直笔直的，到处都是红灯绿灯，这似乎和我在电视里看到的都市是一样的。最为主要的是，父亲说，都市到处都是黄金，只要你过去了，到处都是工作，到处都有你挣不完的钱，吃的不再是锅巴与青菜，而是大鱼大肉、山珍海味，天上飞的、地上爬的、水里游的，都能吃上，偶尔还可以来几杯红酒，叫上几个小妹，听上几曲音乐，那感觉……父亲顿了顿，我端正地坐着，屁股不敢扭动一下，就像一块口香糖牢牢地粘在凳子上。我的手撑起下巴，双脚整齐地闭拢着，充满期待地看着父亲，我发现父亲的胡须上沾得满满的是白色的唾沫。我还看见他眼睛里装着的尽是高楼大厦，尽是灯红酒绿。我故意害怕地说，那外面的人，是不是也像咱们一样。父亲才接着自豪地说，外面的人，见识可多了，会享受生活，不像我们都是用体力来养活自己，外面的人，都是动动嘴皮子，动动脑子，就有滚滚而来的钞票，你花都花不完。说到这儿，父亲再次看了看我，似乎是想从我脸上寻找到他想要的那种向往。说实在的，听到这儿，我心早就飞走了，而我故意表现出若无其事的样子。

当父亲送我上车的那一刻，父亲就一直望着我，我不知道父亲是否依然在试图发现我对外面的向往。

在喧闹的车里，我的心中却异常的安静，我的世界里，尽是父亲口中的世界。随着汽车不停地向那都市奔去，我的心越发激动。高楼大厦越来越多，它们不断地、真真切切地映入我的眼帘，映入我的世界。

我提着行李，站立在这座陌生的城市里，来往的人群，奔流的汽车，我想父亲没有骗我。我开始见人就打招呼，可是没有一个人搭理我，有的人用异样的眼光看着我，头也不回地往前走去；有的人抛下一句神经病，就急匆匆地走着自己的路。我开始有些失望，可能是我还不够亲热，还不够真诚，可是人们投来的依然是怪异的眼神。我默默地拖着行李，沿着马路，不停地往前走去，偶尔有陌生人也像我刚刚一样，亲热地跑过来东问西问，也有人忙着帮我提着行李，我只是微微一笑，依然盲目地走着。我不知道自己在寻找些什么，是旅店，还是父亲眼中的世界？旅店我倒是看到不少，可是父亲理想的世界，我正在寻找。我想，在这里我拖着行李就能找到挣钱的工作，所以我还没来得及找个住的地方，就到处寻找着工作。可是后来我看到的与父亲说的似乎是两个世界。我投下了一份份简历，都如同滴在大海的一滴水，无声无息。有的单位我人还未走远，我就看见自己的简历被轻轻地扔进了垃圾桶。第一天，父亲就问我，外面的世界怎样？我没有说太多，只是淡淡地应着父亲，不正面回答他，也不反驳。我继续拿着简历，穿梭在人才市场，这里的人才太多了，多得我都不知道自己是什么。

让我最为无奈的是天桥下的遭遇。我和往常一样，奔波在父亲眼中到处是黄金的世界里。为了能更快地到达目的地，我招手叫来一辆不旧不新的摩的，就这样被他们稀里糊涂地带到天桥，又被一人抛在了那儿。这里只有车流震桥的声音，突然我心中充满了恐惧，那种恐惧就是父亲当初给我讲述外面世界美好时的恐惧。我的恐惧还未结束，周围跑来很多年轻的人，手里拿刀，围住了单薄的我，接下来，我任凭他们欺辱。那次我哭了，那一年我十八岁。在一个陌生的世界中，独自地哭泣。我边走边哭着，有人转过头看了看我，又继续走着，有人从汽车里探出头来望望我，可是我知道没有人能听见我的哭泣。那晚父亲继续要我讲述我自己的见闻。我想哭，想大声地哭出来，让父亲能听见，让我的声音传到父亲的耳朵里。可是我让眼泪肆意地流出来，没有出声。我顿了顿，告诉父亲，这里的世界果真如你所说，工作到处有，这里的人都很温和。我倒背如流地把父亲告诉我的世界描述了一番，并且还加入了更多美好的元素。

父亲告诉我，你已经十八岁了，该出去走走，外面的世界很精彩，所以我就奔跑在自己的外面的世界里。

（原载于《黄金时代》2013.06）

故乡

父亲的那些身份

父亲总是沉默不语，他抽着旱烟，静静地坐在门口，偶尔眯着眼，望着门外的阳光。沉默的父亲像故乡的那座大山，肃穆而又安详。

抽完烟，父亲走进了淡淡的夜幕中，弓着背，脚步蹒跚。父亲老了，晚风吹乱了他的发梢，鬓边的斑白在黄昏里闪烁着，分外显眼。苍老的父亲一步步往黑夜中走去，步履从容。

我低下头，父亲的身影，愈加在我眼前清晰起来。父亲一生当中充当过许多角色：教师、军人、农民、建筑工……这些角色都是为了让他更好地担当一个父亲的角色。

一

那本红色的皮面笔记本上面写着某某航空部队勤务组，里面清秀的行书字体，潇洒飘逸，暗示着父亲曾经激情飞扬的青葱岁月。日记里记录着父亲年轻时的心路历程，字里行间流淌着对家的浓浓思念，也有着对未来的美好憧憬。父亲一步步从时光里走过，这本泛黄的笔记本是他人生的见证者和倾听者，在时光的腐蚀下，轻轻翻开一页，里面就弥漫着浓浓的怀旧气息。这本充满细节的笔记本，让父亲年轻的形象在我脑海里变得越加生动起来。

那个笔记本告诉我父亲当过兵，还属于时髦的航空兵，这让我感到惊讶。照片中的父亲穿着标准的军装，军帽上的五角星显得十分耀眼。阳光闪耀之下，父亲一脸斯文。站立于战机旁的父亲英姿飒爽，但父亲不是飞行员，从来没有上过飞机，即使他内心深处有一个渴望在蓝天翱翔的梦想。父亲把这个飞翔的梦想放进了自己心爱的书本里，他酷爱读书，一个人静静地待在一个地方，在轻柔的阳光下，沉浸在书的世界里。父亲文采飞扬，我猜测父亲应该是部队里的勤务兵兼文化宣传干事。

对于年轻时这段光鲜的经历，父亲讳莫如深。年轻时的豪情万丈激扬文字，映衬着晚年时期父亲的平凡、孤独和落寞。个人经历里曾经的辉煌没想到会成为父亲内心深处的一个痛点，一个始终打不开的心结。年幼时父亲很少在我们面前聊起这些在军队里的温暖往事。但从父亲的眼神里，我能窥探到他内心的隐秘和忧伤。记得前几年暑假，父亲来到深圳我工作定居的地方游玩。长期隐居乡下的父亲对于城市的喧嚣十分陌生，他一点也不习惯。但父亲对清晨或者黄昏时分，冲上跑道，而后翱翔于天际的飞机情有独钟。居住的地方紧挨着深圳机场，站在阳台上，远远地能看见飞机慢慢滑行，而后加速，冲上云霄之间。父亲站在阳台上，目不转睛地看着天空中的飞机，一脸痴迷，直至它消失在云端。

父亲看飞机时痴迷的眼神，深深触动了我。我年幼的儿子紧牵着他的手，祖孙俩一起看着飞翔的飞机。对于飞机，儿子的眼神里带着一丝好奇和憧憬；而父亲的眼神里带着对往昔深沉的怀念，这种略带忧伤的怀念里却凸显出父亲的苍老和年迈。

二

从部队转业回来后，父亲继续着自己的教书匠事业。八十年代，教师是一个十分令人尊敬的职业。父亲参军前当了一年的教师，那时他刚大学毕业，在乡镇的小学教书。当兵，在那个时代，是令人羡慕的事情。兵哥哥，这句带着柔情和蜜意，话语间充满着敬佩和期待的字词，成为那个时代最火爆的字眼，成为无数女孩子梦中情人。父亲和众多的热血青年一样，选择弃教从军，全家上下几乎是哭着送走父亲的，奶奶哭得最为伤心，她最疼爱这个劳动爱偷懒却十分会读书的儿子，担心他会上战场，客死他乡。父亲带着那个时代血液里流淌着的豪迈，踏上了当兵的路。

当许多人期待有着大学文凭的父亲能顺利留在部队时，父亲却转业回来了。对此奶奶自然十分欣慰，看着自己最心疼的儿子能安全归来，心头那块悬着的石头终于放了下来。腹中有墨水，颇有文气的父亲，从部队回到了故乡。

回家后的第二年，父亲依着家里的规定，信守承诺，和母亲结婚了。母亲没读过什么书，目不识丁。读书人骨子里都有着固有的清高，我能揣摩到渴望留在部队里，在天际翱翔的父亲，最终恋恋不舍地离开部队，选择复员回家，而后又遵从父母之命，娶了不识字的母亲，内心原本对未来美好的期待一下子落空之后，会是怎样一种挣扎的心境。

父亲回到家乡后，在离家较远的一个村庄小学教书。父亲的归来，得到了无数女孩子的爱慕。可以想象，当时从部队归来的父亲有着军人的意志和体魄，举手投足间，都彰显出一个军人的气质和魂魄，这可成为多少乡村少女艳羡的对象。彼时乡里人都纷纷议论，目不识丁的母亲能嫁给父亲这样一个帅气的知识分子，可以说是上辈子修来的福分。

父亲在偏远些的村庄教书，经常会有一些女孩子给他送菜送饭。这些事情传到母亲耳里，成了他们吵架的导火索。幼时，记忆中，每次父亲周末教书归来，母亲总是无来由地和父亲大吵大闹。更有甚者，为这些事情，母亲还一度闹到了学校。听说，当时父亲在那学校非常受欢迎，因为当时的老师是自己在学校解决吃的问题，常常有女孩子给父亲送一些家常菜。我清楚地记得父亲那个长方形的铝饭盒，一日三餐放好米、放好水，放到锅里蒸就可以了。现在这个饭盒依然被父亲放在他的书桌上，装着一些杂物。在那个信息不发达的年代，我真不知道母亲是如何获得这些消息的。

父亲受不了争吵，通常选择沉默，有时实在憋不住，便拂袖而去，丢下母亲一个人在房间里哭泣。母亲仿佛只有以这样一种争吵的方式来抵抗外界对父亲的诱惑，这是可以理解的。

父亲虽然当过兵，但骨子里还是一个文弱的书生。为了照顾好家庭，他通过种种关系，调回到了离家近的小学教书。父亲在外教书，家庭的重担都落在了母亲身上。父亲从母亲额头渐起的皱纹和她黝黑的皮肤里，读出了母亲一人持家的艰辛。又要照顾三个孩子又要忙着那几季的稻田，独自忙碌的母亲，真的是会有说不完道不尽的委屈，毕竟一个女人，真的不容易。

在母亲和家庭面前，父亲一退再退。他最后退回到了田地里，不顾众多领导的挽留，父亲决定回家种地，减轻母亲的负担。就这样，父亲从事了他最不擅长的事情——种地。

父亲并不是一个种地的好手，在地里干活都是慢腾腾的。用母亲的话来说，走路都会踩死蚂蚁，那是故乡用来形容那些懒人走路的说法。母亲对做农活的父亲处处不满，甚至连家里本来勤快的老黄牛，到了父亲手里，犁起田来也慢腾腾的。我也见过父亲犁田的情景，上下田，人家赶着牛奔走在水田里，而我们家的牛慢慢地走着，父亲不紧不慢地赶着。一亩地下来，父亲几乎没有真正意义上地抽过牛，有时只是虚晃两下鞭子。割起水稻来，也是一棵一棵地锯着，相比旁边的母亲，我几乎看不见她在一棵水稻上的停留，一棵棵就到手了。面对母亲的责骂，父亲一直沉默不语。

从雄姿英发的士兵到一个教师，再到一个农民，再被返聘在村小做教师，并且当上了村小校长，随着孩子的出生，父亲的教师生涯，再也没能迎来属于他的光荣。

父亲究竟经历过怎样的心理斗争？我无从去想。

今天当我独自在这个社会上闯荡的时候，站在父亲的角度，我感慨万千，为父亲。

三

在故乡那希望的田野上，父亲并没有看到任何的希望，日子就这样一天天地过去。地种了又收了，收了又种了。在这样重复的日子里，他用自己的汗水养育的孩子们，也一日日地长大了，田野里又多了我们兄弟仨的身影。我们也跟随着父亲母亲，在一亩亩稻田里磨炼自己的意志，历练身躯。一路走来，也练就了一身吃苦耐劳的本领。

随着长大，我们慢慢地走向学堂，一个接一个。那个年代，供养三个孩子读书是异常艰难的。父亲用他的脊梁为我们撑起一片温暖的天空，而他笔挺的军姿却在岁月的流淌下，弯曲成一张弓。

为了三个孩子读书，为了挣更多的钱，让家里过上幸福的生活。在一个雨水弥漫的清晨，父亲跟着村里的人外出打工了。

九十年代，在外打工的艰难可想而知。当他跟着这些打工者一同出发的时候，就注定了命运将和那些人一样。他没有给自己太多的选择，他已然被时间的风雨冲刷了本来属于他的自信。父亲跟着村里人在建筑工地上度过他艰难的岁月。父亲的大学文凭没有给他带来命运的转机，这让村里的人倍感惊讶。他们都把此归咎于他的沉默寡言的性格。虽在建筑工地上干活，但军人的体魄和意志，依然能让父亲成为建筑工地上一个出色的工人。工地老板见他有文化，也开始慢慢欣赏他，让他在办公室里做一些文秘工作。父亲依然坚持每天看书，即使是浑身疲惫，静静的夜晚也会捧着一本书，沉浸在书的世界里。父亲仰望着夕阳下的蓝天，他心底的梦仿佛一直在远方。

几年前，父亲去上海参加了战友聚会。父亲去时没告诉我们，回来时也没跟我们提起什么。但从他带回来的通讯录上，我看见父亲当年那些战友，有的当上了大老板，有的当上了县教育局的局长，有的成了部队里的军官，在这些光鲜显赫的战友面前，父亲的身份却是一个普普通通的农民。这种落差是巨大的，我仿佛窥探到了父亲多年来心底的隐痛。看着写得密密麻麻的通讯录，我却丝毫也不感到父亲身份的卑微，父亲是平凡和普通的，但他在我眼里，却依然是伟大的。我想，在所有孩子眼中，父亲都是伟大的。

正因为一次次的选择，才有了今天的父亲。在残酷的现实面前，父亲每次都选择了我们。在父亲的一次次选择里，有对梦想的深情回望，也有对残酷现实的妥协，更多的是对我们这个家庭的无私付出。

上半年，当我把自己的作品《故乡的那一缕缕炊烟》递到父亲面前，父亲的眼里顿时闪过一阵光亮，在这光亮里我仿佛看到了父亲一直的梦想。

骨子里流淌着的血脉，会一直传承下去，就像父亲骨子里的梦想，我想会在自己身上变成灿烂的现实。

（原载于《南飞燕》2017.08）

母亲

在写自己父亲的时候，我很少提母亲，并不是我不爱母亲；写母亲时，我很少提父亲，也并不是我不爱父亲，而是恰恰相反的。

那是因为，把父亲和母亲放在一起，我怕自己找不到一个可以让爱平衡的支点，我不想让爱倾向哪边。我想全身心地去解读自己的父亲和母亲……

小时候，不小心摔了一跤，就地放声大哭，母亲跑过来安慰我，惊痛的样子好像摔跤的是她而不是我。她嘴里还不停地骂着绊倒我的那块石头，当时我也就开心了。

上小学了，我徒步走在上学的乡间小路上，只有孤独的小路陪伴我。母亲叮嘱我不要在路边玩水，要好好读书……回忆这一幕幕仿佛就在昨天。母亲从一个美丽的少女变成今天的黄脸婆，她也曾经年轻过，她也曾经渴望过，渴望自己变得更美、更富有。

一、母亲的菜园

从我有记忆起，母亲给我的印象是勤劳简朴，她从来都不懂得休息，不懂得打扮自己，更不懂得照顾自己。然而，她的孩子们却在她的精心照料下成长着。当时唯一可以支撑起这个家的，就是母亲那双勤劳粗糙的手。一个贫穷的家，一个勤快的妇女养活着这一家三个小孩。

八十年代，父亲是个乡村教师，虽然收入甚微，但很稳定，对于这个贫寒的家，算是上苍最大的恩赐了。母亲并没因此而停下手中的农活，整天起早摸黑地忙碌着，当时我并不理解母亲的做法，因为她这样做并没有使家里的现状好多少。可母亲并没有因为我的不理解而终止手中的活。

前些年母亲去深圳居住数日就极为不习惯，惦记着家里的那几个菜园，特意还委托同村人照料。母亲终究还是无法放下故乡，放下那里的菜园，放下那一亩亩耕耘了一辈子的水田。几十年过去了，家也不再是曾经那个一贫如洗的家了，可是母亲却依然保持曾经劳作的习惯，保持着装朴素的习惯，弟弟年年买给她的那几千一件的昂贵衣服依然静静地躺在衣箱最底层。

每当农忙时节过去，别人家的女人们早就无事可做了，而母亲却又奔向她的菜园。

母亲的菜园是她这辈子除水田外的第二大阵地。

农忙时节母亲都早早地挑一担粪水直奔菜园，去浇灌那些新鲜的蔬菜，然后再去田地忙活。农闲时节就更加地勤劳，是不是为了弥补农忙时对菜园的疏忽？

一大早母亲就挑着那对早已变形的塑料桶，奔向了菜园，一入园就是一上午。记忆中家里最大的菜园，母亲有时要忙上一天。而今这个菜园已经腾出来给哥哥盖上了新式的房子，我不知道母亲会不会想起她曾经在这里忙碌的身影。母亲一直都担心哥哥的生活，如今哥哥在弟弟的带领下，很快就致富了，开上了车，住上了这幢全村最漂亮的房子。我想这些幸福的因素，足够冲淡母亲对这菜园的怀念了。但是在我的记忆中，这个菜园就是一个我向往的地方，哥哥的房子也压不住我对这菜园的记忆。我第一次踏进这菜园，感觉就是大，大得我无法想象，儿时我眼中的大与现在我眼中的大是不同的。进门的那一块块呈长方形的菜地，母亲一般喜欢种上辣椒，一垄垄的，整整齐齐。靠菜园边缘那块地，母亲一般会沿着边缘拢起一小块长长的地，种上黄瓜、丝瓜、豆角，等它们长到半米来高的时候，母亲就会给它们搭好藤架，要不了多久，一根根瓜藤沿着架子，就爬上去了，有的还爬到荆棘丛里去了。一架架的花，一架架的瓜，特别是挂着的豆角，就像青色的瀑布，它们长的速度，远远超过家里吃的速度。母亲这个时候是最幸福的，因为那个季节这些蔬菜也比较好卖。我经常陪着母亲提着一篮子一篮子的辣椒、豆角，摆放在集市上卖，以缓解家里的贫穷。母亲的菜都不打农药，农药这样金贵的东西，我们家是舍不得的。菜如果长虫子了，母亲就会叫上我们兄弟仨，到菜园里捏上一天的虫子，那个时候不知道害怕虫子，只知道消灭它。一天下来手都给捏青了。有的时候，虫子的繁殖速度太快，母亲实在无奈才给它们撒上那些金黄金黄的六六粉。至今想起来就后怕，曾记得，有一回差点偷吃了这种粉。没过多久粉就把菜园里的虫子毒死了，满菜地的尸体，好不壮观。

每一垄土，都被母亲拾捡得干干净净，在母亲的菜园里，是没有草的，虽然它们不断地攻入菜园，却不断地被母亲消灭。草从来都不是母亲所担心的。母亲怕的是炎热的夏天，因为那个时候，菜地的水分挥发得最快，有些菜母亲总得给水，早上给了，晚上还得给。我记不住那些菜名，记忆里满满的都是母亲挑水的情景。早上清凉清凉的，可是母亲却满头的汗珠，衣服都被汗水给浸湿了。

有时母亲也会叫我们兄弟三人去浇菜。我们一人园，第一件事情就是找自己最爱吃的黄瓜，吃个饱，不过我们从来不摘被母亲用稻草系住的黄瓜，因为那是母亲留的瓜种。然后才一担水一担水地挑，有时弟弟挑累了，做哥哥的就挑会儿水，让弟弟浇菜。有时为了早点儿收工，一勺水就浇一大片的菜，后来被母亲知道了，教训了一番。当然，也有我们热爱浇水的时候，那是因为浇的都是瓜。边浇边找最大最熟的香瓜，洗洗就吃，流到手上的香瓜水都要舔掉。这个菜园里最大的那块地，也正是哥哥房子的主地基，有很长一段时间，曾经种得满满的是香瓜、西瓜，还有叫不出名的瓜，还有和香瓜一样大小的另一种像西瓜一样的瓜，但是不是西瓜，至今我都不知道是什么瓜。如今我找遍瓜果市场，都没找到，家里也不种了，问母亲，母亲说出的是家乡的叫法：子瓜地。我至今无法知晓学名，这也是一大遗憾。母亲现在也年年种西瓜，满山的西瓜，不大不小，剖开，红里透着些淡淡的白，子也不少，吃起来，那种甜是那么的久违。而都市里市场上的瓜，甜得那么的不正常，红得吓人，却找不到几个子，这种瓜让我不想再吃第二口。菜园种瓜的岁月里，我们兄弟仨最期盼的居然是给瓜苗浇水，而在瓜还没有长出来的时候，母亲很愿意让我们去浇水。看着这些苗，每一种瓜的苗，都记忆深刻，西瓜苗、香瓜苗至今都能画出来。可是，等瓜们都慢慢地从花朵里冒出来的时候，母亲就很少让我们去了，很失落。现在知道母亲是怕嘴馋的我们，会忍不住馋虫的诱惑，把还没有成熟的瓜给糟蹋了。

这个菜园有些年也种过豌豆。那个时候，母亲种豌豆，真的不是给我们解馋的。我清楚地知道，就是种豌豆的那个岁月，是家里较艰难的时候，父亲那时已经去往那个可能改变他命运的上海，虽然最终命运并没有改变。那满园子绿绿的豌豆倒是让这个家度过了最艰难的岁月，所以我对豌豆有着一种独有的情感。豌豆苗疯狂地长着，那么迷人，青绿青绿。母亲还没来得及摘下去集市上卖，就被村里人来菜园现摘现买了。最后难得母亲摘些人家挑剩的豌豆回家，买上一斤肉，熬上一锅猪肉豌豆，整个厨房飘散着的都是豌豆夹杂着鲜肉那鲜美的味道。我们兄弟仨早早就围着灶台，盯着锅盖发呆，看从锅盖下不断跑出来水汽，用手不断牵着那些青烟，把它们往自己鼻子里赶去，那气味都是可以解馋的。我们都听见锅盖下，水和豌豆的争吵声，叫嚷着让母亲开锅，一开锅，香气四溢，我都完全沉浸在那香香的幸福中。第一碗汤，我还来不及品味就下肚了，豌豆一碰就化，豌豆的味道都融化到汤里了。今天我再也没有喝到那么美味的豌豆肉汤了。

母亲的菜园，真是一个神奇的园子，这里随着四季的更迭，种上不一样的蔬菜，让我们过着自给自足的生活，这一切都源于母亲的勤劳。母亲是不知道劳累的，有的时候已经累得全身乏力，她依然要在菜园忙碌。父亲、我、哥经常劝母亲休息休息，可母亲还是照旧。只有在母亲真正地病倒了，她才会休息休息，但还是惦记着那菜园，经常吩咐哥去浇浇水、拔拔草。当时全家都并不很支持母亲的做法。夏天到了，菜园里的菜也长得差不多了。每户人家都从集市上纷纷地买菜回家，唯独我家不。因为母亲每天都会从菜园里带回当天要吃的菜，那时母亲是最高兴的，我想应该是因为她的劳动成果得到了全家的认可。母亲还经常带一些我喜欢吃的黄瓜回家，所以后来我还是很支持母亲种菜。现在想来，当时自己太自私了，居然有喜欢自己母亲日夜操劳的儿子。

二、我和母亲

母亲为我付出的点点滴滴都让我终生难以忘怀。

至今细细想来，兄弟仨中，母亲为我操的心最多。起先，我的日子还过得去，母亲担心起弟弟来；后来弟弟的事业慢慢有起色了，母亲又操心起哥哥来；现在哥哥跟着弟弟，日子也过好了，母亲又操心起我来。

依稀记得，那个乌云满天的下午，因为我嗓子嘶哑，母亲上山为我采药。我为她送雨具时，看着躬着身的母亲，再看看她背后的布满乌云的天空，我的眼睛模糊了，知道了什么是伟大的母爱。在一个母亲的词典里，为了自己的孩子，就从未存在过“惧怕”这个词。天空不断地传来一声声巨响，闪电将天空撕成一块块的碎片，天空越来越黑，可是母亲连头都不抬。而我分明看到母亲的紧张，可是那紧张却要让老天失望，因为母亲不是担心暴雨，而是担心采不够那金贵的海金沙。一条条长长的藤，藤的左右挂满着细细的犹如手掌的叶子，那些叶子在阳光的暴晒下，会神奇地吐出一大片一大片的金黄金黄的粉。母亲常常用这些金粉给我们泡水喝，嘶哑的嗓子也神奇地好了。而今，每当我嗓子嘶哑的时候，我就会想起母亲，想起母亲采摘海金沙的情景。

那个时候极少生病，就算生病，母亲也会从外面找些我不知名的植物，然后倒腾着泡水喝，病也奇怪地好了。

母亲其实不怎么擅长表达对孩子们的爱，她只会在孩子需要的时候去做些她能做的事情，而其实这就是爱。

初三那年，父亲在外，母亲一个人撑起这个家，着实很累。一个女人独自拖着打谷机在稻田艰难地前行，独自将一大包湿湿的谷子背上岸，一个人运回家，所有的农活一个人去做。我们能做的实在太少。农忙时，学校还没放假，坐在凉爽的教室里，想起母亲一个人在稻田忙碌的情景，我如坐针毡。我无能为力，只有发奋地读书，以报母恩。

天有不测风云，在农忙后，我又被送进了医院，来来回回就折腾了两个月，母亲也因此消瘦了很多。小的时候，母亲会想尽办法买些被抠得七孔八孔的苹果。慢慢长大了，这样的开销母亲是不舍得的。我从未忘记，出院那天的情景。那时水果对于家人来说从来就是一个奢望，而母亲把我接出医院时，竟站在医院的门口问我想吃什么水果。我当时毫不犹豫地说出了香蕉。母亲怯生生地询问了价钱，买了一根香蕉。看着母亲手里拿着的那一根香蕉，我说不出什么心情。我吃起来是那么的小心，含在嘴里，慢慢地感受香蕉的柔软，一根香蕉从医院门口一直吃到家。这一路的品尝，唯独没有去感受母亲的艰难。现在想想自己是那么不懂事，人生中的第一根香蕉给予我如此深刻的记忆。

考学那年，也是我最难忘的岁月，那些记忆永远深深地刻在我的脑海，那深深的刻痕鞭策我不断地向前。那是独属于我和母亲的记忆，如此深刻。

而今每当看见贫困山区的父母无力供孩子上大学的新闻，我就情不自禁地回忆起那个时候的自己。我不知道刚跨入2000年的中国，五千元是一个什么概念，但是我却十分清楚地知道对于我家来说，是一个天文数字。这笔巨款成了我人生中不断奋斗的动力，因为我不想这样的屈辱再次重演。

母亲一个没有进过校门、大字不识，甚至连自己的姓名都不会写的人，在她心中读书是如此的神圣。为了我能继续求学，她带上我，踏上那条让人心酸的筹钱之路。我永远无法忘记爷爷最小的弟弟的那个面孔、那个动作。当我们踏进他家，母亲说明来意后，我从他的脸上看见了他对贫穷鄙视的目光，看见了我从未看过的东西，而且是从自己的亲人身上看到的。我不时地低垂着脑袋，母亲的眼神里尽是乞求，最后我听见母亲带哭腔的哀求。他显出了一种极度的反感，似乎我们会给他这个家带来什么不幸。我突然觉得，我和母亲就是一对乞讨的母子。最后他很不耐烦地从房间拿出了三百元，那个甩钱的动作让我终生难忘。他走近我们的时候，母亲颤颤地伸出了手，可是他却把钱甩在地上。母亲分明是哭着将钱捡起来的。陪我和母亲一起过来的还有冬梅爷爷，虽然他已经过世很多年了，但是他的恩情，我永远也忘不了。

我那时不知道的是，为什么所有的亲人、亲戚都是如此。后来，我猜，想必就是家里的贫寒将他们吓坏了。从那个时候起，我对贫穷有着深刻的、特有的体会。因为我们已经贫穷到让人害怕的程度。

对于一个女人来说，遇到过不去的坎儿时，首先想到的一定是自己的娘家，母亲也一样。母亲有四个哥哥、两个姐姐。在那个时候，我的记忆中，四个舅舅都还算富有。特别是二姨家，经济十分宽裕。母亲带着希望来到了她四个哥哥家，奇怪的是，四个哥哥似乎早就料到母亲会来，或许他们还召开过会议，反正统一的口径是没有闲钱。母亲失落地回到家。从母亲的脸上我读出了她的失落与不甘。就这样母亲整整去过三次，三次都以泪洗面地回到家。我永远都无法忘记这四个舅舅的所作所为。也就是在往返途中，母亲在洲下村遇到了她的一个发小，因为她几次看见母亲哭泣着回家，心生怜悯，问起了母亲。也就这么一问，她居然毫不犹豫地借给母亲两千元，一个多年没怎么联系的同村发小，在我的心灵里，根植的又是什么？她让我在今后的岁月里，懂得了感恩以及帮助他人的意义。

那会儿我忘记不了另一些人，多少个日夜，我告诫自己，忘记这些无趣的人，忘记这些无趣的事，可是他们的嘴脸就像恶魔一样入梦来。最终他们还是没有一个人伸出支援之手。怨恨的种子一度深深地埋藏在我的内心。而今我再也不去埋怨任何人，因为我知道没有任何人是应该帮助谁的。我感谢他们，是他们磨砺了我的心志，是他们让我懂得帮助他人的珍贵，是他们让我把手毫不犹豫地伸向那在最困难的时候向我求助的人，是他们让我多了更多怜悯之心。而更应该做的是要将那些帮助过你的人的爱传递下去，让它去驱散人间的冷漠。

时间流逝，母亲因我所遭受到的这些冷漠，今天的她早已不在乎这些了。那些曾经冷漠的人，怯生生地向母亲寻求帮助的时候，母亲的大度与热情，彻底驱走了这些年来存放在我心中的怨恨。

当我回过头来，看着曾经和母亲共同走过的那段路，我感慨万千；当我再回过头，重新审视那些曾经冷眼旁观的人，我居然毫无怨气，一笑而过。而今当他们的子女需要帮助的时候，一个电话，我就十分热情地操办着，绝不冷眼旁观，因为我不想让他们像我一样感受到人间的那种冷漠。

我知道贫穷并不可怕，比贫穷更可怕的其实是人心。

三、真实的母亲

从小母亲在我心中就是一个极其严厉的人，母亲没读过什么书，不懂什么大道理，也从来不对我们进行语言上的教育。如果兄弟仨谁犯错了，谁乱拿别人东西了等等，母亲都会狠狠地揍我们。家里的台桌上，很长一段时间，都放着一根细细的竹条。它时时告诫我们要做一个堂堂正正的人。

年轻时的母亲脾气相当暴躁，我那会儿内心就十分反感这样脾气的人。有的时候也痛恨起自己的家来，常常有离家出走的想法，但从来没有去实施。母亲隔三岔五就会和父亲争吵，每次败下阵来的都是父亲。父亲的忍让，助长了母亲的脾气。只要父亲做得有让母亲不满意的地方，母亲就会喋喋不休地责骂父亲。争吵过后，就是冷战，一般在冷战的一周里，母亲是不稀罕跟父亲讲一句话的，甚至对我们也是。在家里，母亲成了一个木偶，却没有停止忙碌，家里家外的事情都打理得很好。父亲常常放下作为一个男人的架子去讨好母亲，主动与母亲搭话，可是母亲绝不搭理父亲。看着可怜的父亲，我心里难受极了。有关父亲之所以变成这等光景，我在《我的父亲》一文中写得十分详细。父亲人生轨迹的变化，大多数都是因为母亲。而那些年，母亲目光短浅，没有看到父亲的未来，就把父亲从那充满希望的路上拉回了田野。从此，父亲的生活变得没有了主见。母亲全权接管家里的大小事情，父亲从来就不用花心思去操劳家里的事情。因为每一天他所要做的事情，母亲都已经给他安排得妥妥当当了。父亲只要负责实施就可以了。随着父亲放弃工作回到家，家境每况愈下，父亲外出谋生的那段艰难的岁月，都是母亲一人撑起这个家。父亲的外出并没有给家里的经济带来明显改善。独当一面的母亲，自从父亲外出后，在家里脾气是没有了，可是也常常能听到母亲和他人争吵的声音，也有时听到母亲独自责骂的声音。有的时候是因为自家园子里的菜、瓜、辣椒被偷了，有的时候是水田里的水被人偷放了，还有的时候是稻被谁家的牛吃去一大块了。这些，母亲都会用骂来一吐心中的不快。母亲是一个农村妇女，那些村里人该有的脾气和秉性她都有。但从小，我从未见过母亲干过什么缺德的事情，因为母亲的勤劳，纵然母亲脾气不太好，喜欢和人争吵，但还是有很多人愿意跟她交往。

说到勤劳，真的找不到第二个人，像母亲一样。

做农活，可以说很多男人根本就不是母亲的对手，在故乡，其实农活干得漂亮的一定是女人们。男人们干的都是些重体力活。而其他比如割稻谷、插秧，那他们都比不过女人。而这些女人们大部分都不是母亲的对手。拿起镰刀，你还没看见母亲下刀，一会儿就割了一大把。母亲就像一个收割机，一直保持着这种快速收割的状态。一亩地下来，二分之一的稻是被母亲收割走的，其他部分是由父子四人收割走的。要论插秧，母亲就更是快手了。她从来不偷懒，不怕热。我认为母亲是最能吃苦的女人，一个人挑着百十来斤的稻谷飞快地走回家。

在炎炎的夏日里，在稻田里收割的情景，至今常常进入我的梦乡：站在烈日下，太阳当空照在我身体上，感觉自己就是烈日下干燥的稻草，一点点的火星都能随时点燃我。我穿着长衣长袖，但是太阳还是能把我晒成非洲人。我发觉自己是一个很能吃苦耐劳的人，几乎人生中最难熬的体力劳动我都经历过，做一个农民的儿子，该学会做的农活我都能做，都会做，都敢做，并且做得非常好。用手抛撒那从猪圈、牛圈里挑出的残渣，用肩膀挑起那些残渣，插秧、拔秧、收割稻子等一些苦活，我从小就辛勤地做着。我一辈子都会记住这样的经历。我以自己曾经是一个农民而倍感自豪，这些都是一大笔财富，而这些都是母亲教会我们的。

母亲至今还在那片希望的稻田里忙碌着，她说她没有休闲的命。只要一闲下来，浑身就会不舒服，有时还生病。只要往菜园里一钻，一忙碌起来，稻谷种起来，身体就硬朗得很。

这些年，孩子们大了，母亲的脾气也见好了，很少跟父亲争吵。反而是父亲脾气上来了，有时说得母亲都不说话了。母亲会像小孩一样向我哭诉，我知道母亲老了，真的老了。她再也不是曾经那个好强的母亲了。母亲是不是在对自己年轻时对父亲犯下的错产生一种悔过呢？其实很早很早的时候，母亲在我面前就说过，要是当年没拉父亲回来，今天他应该怎样怎样。母亲的眼神里尽是憧憬。可惜一切都太晚了。

是啊，人到老年，时间走了，很多事情也走了。

岁月的脚步已经让曾经的苦难与艰辛成了美丽的回

忆，或许人生就是这样，只有历经了风风雨雨的人生才是美好的。母亲和父亲如今两人孤独地守候在那不算豪华的崭新房子里，他们的孩子们也各奔东西，寻找属于他们的梦去了。弟弟已经事业大成，哥哥也跟着沾了光。每每想起母亲和父亲的形象，也只能重新把自己记忆中的盒子打开，拿出来温习温习。每次和母亲通话都能感觉到一种深深的爱根植于我心，虽然母亲并不善于表达，她也没有读过多少书，她读的更多的是春播秋收与柴米油盐酱醋茶，但是她的爱是那么的博大。

一路走来，不管是路上有多大的风和雨，父亲和母亲都一直守候在风雨中看着自己的孩子坚强地走着。我不禁哼起：路上的辛酸，已融进我的眼睛；心灵的困境，已化作我的坚定；在路上，只为陪伴我的人；在路上，只为温暖我的人……

母亲——您永远逃不出我的思念。

（原载于《南飞燕》2015.11）

故乡的那些老人们

回到家乡，感觉家乡就像被掏空了，只剩些妇女和老人，还有静静地发呆的小孩，静得只能听到风在村庄的小巷子里肆意地奔跑着，一会儿在野草上，弄得草儿们前翻后仰地笑，就好像谁给它们讲了一个笑话似的；一会儿又爬到树上，树不停地摇摆，想把风摇落下来。可惜风一下就跑到了云上，乘着云快活地走了。只有我还傻傻地站在那儿，傻傻地聆听那属于故乡的歌声。这时我才发现，原来在故乡也有寂寞，在故乡也有空虚，空虚得只剩下风。仿佛是自己睡了个懒觉，起来时，发现整座村庄都空荡荡的，我不知道那些人去哪儿了。但是当今天我站在这些住满了风的巷子里时，我才明白，那些人去哪儿了。

在村庄除了寂寞的风，还剩什么呢？我一路狂奔，狂奔在熟悉的故乡的每一片土地上，我发现了比风更空虚的人——故乡的那些老人们。原来这些巷子里，坐着成群的害怕寂寞的老人们，所以他们宁愿和风一起度过那寂寞的岁月。当我加入他们的队伍时，我再也兴奋不起来了。我静静地坐下，虽然他们看到了我，但是只是习惯性地用眼睛看了一下我，嘴里依然讲着他们的故事，讲着村庄的故事，还有的讲着孩子们在都市的故事。听着听着，我似乎看见几十年后的我，一个垂垂老矣的我，独自一人静静地聆听风的声音，偶尔还和风讲上一两句话，当我真的静下来的时候，当我真的坐在这儿的时候，当我的孩子都漂泊在远方的时候，而我却独自坐在故乡的这条住满风的巷子里，我将是何等的悲哀。和老人相依相靠的不是自己的孩子，而是那些和自己一样沧桑的老人。他们的孩子们或许一年才归家一次，似乎故乡只是他们生命中一个驿站而已。

我身坐其中，仿佛自己也是一位老人。我也融入了他们当中，我为他们的今天感到同情的同时，也在为他们感到幸福。因为毕竟今天和他们坐在这儿的，都是一块摸爬滚打过的伙伴。而我不敢想象，等到我老了，回到故乡，再回到这条巷子的时候，我儿时一起脱光衣裤跳到鱼塘戏水的同伴，会有多少能和我一起坐在这里，互相倾听对方这些年来的故事。或许这样的场景只能在梦中出现。随着在外漂泊的年月渐长，随着在一个都市居住的时间渐渐地、不经意地超过了待在故乡的时间，真正的故乡似乎慢慢地在离我远去、远去，直到有一天变得模糊不清，最后变成一个个梦。那么能和故乡的同伴坐下来歇息的时间，或许也成了一个梦。而这个对故乡来说是远方的都市，却成了我的第二故乡。而今，这些老人们，大都没有离开过这片土地，他们的世界属于故乡，故乡也属于他们。他们也将带着故乡奔往人生的终点。在那里，他们依然可以围坐在巷子里，继续谈论他们的生活，谈论他们的曾经，因为他们的世界里，一直都有对方。而我等到那天，不知道还能不能找到他们聊天的巷子。如果哪天哪个老人生病了，这些老人都将是他的亲人。或许哪个老人要先于其他人到达终点，那时老人们都会来，都围坐在旁边，他们还要聚聚，不是告别的聚会，而是告诉他，要不了多久，咱们都会到那儿集合的。

听着他们回味自己走过的这辈子，有的摇头，有的沉思，有的微笑，有的似乎很后悔，但是这一切又有多大意义呢？难道这就是他们对自己人生答卷的一个反思吗？人生有太多的可能，我不知道在这些老人身上，还有多少可能，或许今天他们在这里就是一起在打发最后的光阴。不管他们是后悔还是幸福，死是不必要着急的。上帝让你降临到这个世界上，同时也从遥远的地方把装着属于你死亡的那个包裹邮寄了过来，不同的人，收到包裹的时间完全是不一样的，或许你很年轻，但是上帝把你的包裹通过快递邮给了你，你正当花季，很不情愿地收到这个包裹，但是你还是要签收的啊。看着这些布满皱纹的脸皮，一只蚂蚁爬在脸上，我都担心它会掉进那深深的纹理中。对于他们来说，现在等待的或许就是那个包裹了吧。等待死亡本身就比死亡要恐怖得多，当你真的要离去时，或许你会更平静。这条巷子或许就成了他们人生中唯一可以寄托故事的地方。但是我清楚，死对于我来说，是件完全不用着急的事，我现在着急的是如何活着。活着，的确是件艰难的事情。

人活着，或许是为了年老的时候，和老人们闲聊时有足够的故事，并且自己的故事与经历总是那么吸引人。活着，就是对生命最好的交代。

（原载于《雪花》2012.02）

我的伯父

伯父六十岁那年，他离开了。

有关伯父的记忆，展现在我眼前的，更多的是他与酒的故事。

可以说，在大哥和二哥都奔波在异乡的那个时候，他就开始真正地与酒为伴了。

那个时候，只要是渴了，他不是喝水，而是喝酒，把酒当水来喝，我当时不知道这意味着什么。我记得有一回，他从商店里买了一瓶酒，等走到家门口时，这瓶酒已经喝完了，自己也醉得差不多了，可是还要折回去继续买，因为要下菜。下菜酒，成为全村劳作的男人必备的，但是很少有人喝醉，酒对劳作了一天的肉体是个安慰。再次去买酒的路上，他嘴里就没有停过，要是逮着谁，不管你是问好还是怎样，他绝对会用他的语言来教训你一通。奇怪的是，他能知道对方是谁，并清楚地说出很多与对方有关的事情，当然更多的是挖苦和嘲弄。有的时候大家真的怀疑，他是真的醉了吗？大家习惯了，也就没有谁跟他计较。时间长了，也没有人去搭理他。他只要喝酒就是这个状态。不幸的是，他一天有大半的时间是在醉酒状态。也就是那次，他再次提着酒瓶，边喝着酒边往家里摇摇晃晃地走着，轻飘飘的身体，感觉随时都会飞走，结果从高高的田埂上直接摔到家门口的水沟里，脸被划破，脚也摔伤了，带着醉意就在沟中睡着了。听说他是脸朝下摔的，要不是乡里乡亲发现得早，险些丧命。本以为有了这个教训他会戒酒，可是自此之后这样的事情就屡见不鲜了，而且次数在不断增加。也是命大，倒也没有因醉酒摔死。他喝出了自己的名气，十里八乡的，无人不知，无人不晓。

那个时候，村里家家户户生活都不是很好，我兄弟仨的三个书包正沉重地压在父亲的肩上，生活过得十分拮据。而伯父家因为大哥、二哥早早地弃学南下谋生了，为这个家庭带来另外的收入。按道理讲，生活是一定会越来越好的，可是已酗酒成性的他，把这些收入几乎都送给了酒家。哥哥们从异乡把自己的血汗钱寄到他手中时，我能从他大声的吆喝中感觉到他那种幸福、那种快感。

九十年代，那个时候不像现在发达，钱往账户里一汇很快到账，而且低调，你不知道谁打给谁多少钱，谁又往家里邮寄了多少钱。而那时不一样，邮局是唯一能将你的钱以汇款单的形式寄回家的地方。当时村里来自外面的汇款单很少，每隔一段时间，就有邮局的工作人员把信件和汇款单送到村口的商店里，那时那个地方是村里人最喜欢聚会的地方，也是村中唯一的娱乐场所。在这里，外面最新、最流行的娱乐活动，会及时在这里展现。我记得有段时间，全国刚流行台球的时候，店里就添置两个球台，从早到晚都有人玩着。大家没事都往那儿赶，就像现在的广场。那地方也刚好占据着很好的地理优势，是村中最高的地方，店主会站在家门口，扯着嗓门叫着谁谁家寄来了汇款单，谁谁家来了信。可想而知，当店主叫着伯父的名字，告诉他，他儿子汇款回来了，他是何等自豪，感觉自己就是全村最富有的人。他的那种神气劲，我至今都无法忘记。特别是后来有了存折时，我感觉好像无论走到哪儿，他都会把存折带在身上，见人说不到半句话，就会说我拿着存折都能压死你，以便显示自己的财富。如果他能合理地理财，我想家也不会被他弄得惨象横生啊。当所有的积蓄都变成一瓶瓶酒时，我的伯父难道就不会想到自己的孩子在外是如何攒下这些钱的吗？积蓄花光了，在外漂泊的哥哥们回家，看到父亲这般模样，是何等伤心？生活是如此捉弄人，至此他们也不再汇款了。再也听不到店主呼喊他的声音。他同样是如此失落。哥哥们以为，不汇钱，他没钱，这样就应该会变好吧，应该会戒酒吧？可是，结果是更糟糕，他的生活开始更加没有节制了，想吃肉就买肉，想喝酒就买酒。现在更方便了，因为再也不用带钱了，在肉摊，老板往木子上一记就可以，反正你孩子会还钱。说实话，这些人怎么记，伯父从来都是不会去看的。买酒，一瓶一瓶地买，真不知道到他离开的时候，他这辈子喝了多少酒。我都觉得他体内流的不是血，而是酒。年底，大哥们一回家，到处是上门要账的人，一笔笔账目，一个个日期，一张张欠条，眼花缭乱，父债子还，你能说哪笔有问题。伯父自己都不知道，自己什么时候买了肉，什么时候买了酒，如果他会记的话，就不是他了。糊涂地生活着，害苦了两个孩子。

为什么他变成了这般模样？至今都是一个谜。

奶奶常常讲起伯父以前的事情，那是一个何等英姿飒爽的人、干脆利落的人，是一个处处为家庭着想的人。奶奶膝下有六个子女，其中三个儿子——伯父、父亲、叔叔，三个女儿——大姑、二姑、小姑。伯父排行最大，当时父亲是这个家族最聪明、最能读书的人。爷爷死得早，那个时候父亲还没结婚，爷爷最疼的是父亲，听说父亲哭了很长很长时间，哭得很伤心。在那个时候长子就必须理所当然承担起整个家庭的重要事务，成为家庭的顶梁柱，伯父顺理成章地接下了爷爷的重担，打理起这个家，谨慎地驾驶着这条大船，迎着风浪前行。

伯父早年就跟着爷爷学会了作为一个农民应当会做的事情。爷爷不在了，春天来了，该什么时候播种，怎么培育种子，这些都是技术活。而我至今对田野里的事知之甚少，假如叫我回去耕地，我真的无从下手。种子什么时候浇水，什么时刻可以下地，这些都要把握。还要养护好秧苗，种子可不是随便往田里一撒就可以，要专门倒腾出宽一米多、长七八米的一块地，这块地要把泥土松软，再把种子撒上去，工序繁多，注意事项也多。开春了，要把睡了一冬的田地给耕耘一遍，耕地时手扶耙，耙吃土的深度不能太深，也不能太浅。听奶奶说，这些农活伯父干得都很麻利、漂亮，是村里的一把好手。集体制那些年，伯父拿的工分都比别人要高。他插秧时，一手快速地出秧，一手紧密地配合，不断地往水田插去，双腿快速地往后退，而且一排一排对得整齐，往往是他插完了他的那一排，别人还在遥远的地方向他靠齐。更值得奶奶骄傲的是，后来村里分为一队一队的时候，伯父被村委委以重任，做过大队长，还做过队里的会计，把队里的账目做得精细，让人佩服。我常常想，一个做会计的人，必定是一个手快心细之人。

分田了，家家户户自己种自己的地，伯父就更加卖力，能自己做的都自己做，对父亲也是关爱有加。割稻谷、种地这样的累活，伯父常常不安排父亲做。父亲去了也是磨磨叽叽的，一个人慢慢地做着。有一回，炎炎夏日，出工割稻谷，父亲怕累，说要去小便，一个人躲在房间不出来，后来干脆就上床睡觉去了。大家以为他提前往田里去了，一到田里，没见人，伯父说算了。伯父带领着弟弟妹妹们在稻田里辛勤地耕耘着。那个年代，所有的收入都是来自稻田，来自那一棵棵水稻。春来种，秋来收，一年两季的水稻，伯父带领大家忙里忙外，有序跟随时光的脚步，不断地前进，不断地成长，带领大家渡过生活的一个个难关。妹妹们一个个地嫁出去，弟弟一个个地成了家。一个家也变成了很多个家。

伯父结婚后，伯母不幸因病一只手无法正常伸展，一只脚走路也一拐一拐的，对于一个农民来说，做不了农活，那意味着什么？意味着这辈子就得要有人养着。那个时候迷信，算命先生说父亲必须过继给人家，方能保证伯母将来不再遭遇不测。父亲就这样过继给他人了。在我们那个村庄、那个年代，过继不像现在叫个干爹干妈就万事大吉了，而是实际意义上的彻底离开原来的家庭。事实上，父亲最后成家分到的房子，也是他过继的那户人家分给父亲的。父亲为过继这件事，至今放不下，奶奶在过世前也表示过后悔。正因为父亲的过继，最后家里的兄弟姐妹们也不经意地疏远了父亲，从而疏远了我们这些孩子。

从我记事起，伯父很少踏进我家——那座我生活了将近二十年的老房子。在那里我度过了我的童年，时间走了，童年也走了。我们兄弟仨很少跟伯父的孩子来往，不知道是大人们有意不让大家在一起耍，还是我们自己没有了共同的语言。直到搬新家，记忆中大哥未踏入过家门。小的时候，家里有点什么需要帮忙的事情，父亲想到的都是他自己的一些深交的朋友：龙明、雪明、润华，等等。父亲也好酒，但是能把握度，从未因酒误了什么大事。我不知道父亲和伯父之间的情感是怎么一步一步地走远的，不知道伯父在他的孩子面前又是怎样交代的，以致他的后代，我们这代也在越走越远，远到就剩一个个名字了。难道真的是因为父亲的过继？我想只有伯父知道。

伯父尚且如此，姑姑们在我的记忆中，更未对我们兄弟仨有过疼爱，甚至是假装的喜爱都没有。小时候，每年的串门也成了一种形式、一种过场，成了唯一和她们见面的纽带。今天随着社会不断地发展，大家都在不同的都市实现着自己的梦想，关系变得越来越冷淡了，要联系也就是寒暄几句，几乎再感觉不到什么了。一切变得那么的疏远，仿佛你不曾活在他们的心里，他们也不曾活在你的心里。如果不是春节，有的人或许你一辈子也不愿意见，或许一辈子也见不到，或许一辈子也没必要去见。到最后，才发现最亲近的就只有那几个人了，就只有父母和兄弟姐妹了。我不知道我的那些姑姑们，如今是否还记得昔日的岁月，记起我们这些小孩。伯父走之前，三个姑姑没有一个过来看他最后一眼，曾经一起度过的那些岁月，那些打断骨头连着筋的亲情，难道就唤不醒她们来看亲哥哥一眼的温情吗？父亲反而忙里忙外，伯父去世那会儿，我能感觉到父亲的伤心，虽然有隔阂，但是在死亡面前这些又算什么？是啊，一个和自己生活了几十年的兄弟，说不见就不见了。人常说人死为大，对于死亡，不知道是该恐惧还是面对。我们身边的每一个人都终将离我们而去，难道这些还不足以让我们珍惜当下每一个活在人世的亲人吗？

至此，各家忙碌着各家的事情，过着各自的生活。伯父膝下有两子，父亲养育了我们兄弟仨，叔叔一子一女，就这样各自照顾自己的孩子。孩子长大父辈苍老，他们之间的恩恩怨怨却慢慢地延续着，延续到他们的孩子身上，大家也越走越远、越走越远。我是多么渴望这个大家庭能团结，这个曾经在伯父带领下的大家庭的所有健在的成员能够感受到温暖，感受到爱。

步入中年后，伯父的地位越来越微不足道了，越来越没有任何威信可言了。他前半辈子的领导能力也慢慢消失了。他前半辈子的辉煌，随着大家庭分家之后，也化为青烟，被岁月给吹散了，而他的后半辈子就几乎是在醉酒状态下度过的。我不知道是什么让一个人发生这样的变化，人的一辈子什么事都有可能发生，当我们面对困难挫折的时候，其实没有任何人能帮你，全靠你自己克服，你的路是你自己一路走下来的，要对自己负责。

伯父在六十岁生日的前半年，查出了肝硬化、肝水肿，整个肝日渐变大，人日渐消瘦，吃不进任何东西，疼痛难忍。我记得我最后一次见到他，那是那年年末，放假回家过春节，特意到他家去看望他。他那时已经无法站立。在病魔面前，任何一个人不管你有多坚强，你都必须屈服。这个时候的他，对生是多么渴望。他居然跟我讲了历史，讲起了过往，中间他想吃香蕉，可是已经连剥皮的力气都没有了。我为他剥了一根香蕉，他接着谈起了人生，谈了他的这一辈子，他已经知道自己就要走了。最后的岁月他没有喝过一滴酒，他说如果可以重来，如果他的病能好，他一定不喝酒了。我想假如真的能重来，伯父一定会毫不犹豫地拿起酒瓶，潇洒地喝下去。

六十岁那年，伯父因长期过度饮酒，走了，带着他所有的故事走了。

（原载于《南飞燕》2016.07）

忆起黄鳝

早晨买菜，路过一个卖鱼摊位，一盆黄鳝，让我不禁想起了儿时与黄鳝有关的故事。

小时候，寒冷的冬天过去了，沉睡了一冬的大地开始苏醒，春天来了，正是放黄鳝的好季节。

那个时候，我对抓鱼、照青蛙、放黄鳝这样的活儿，实在不感兴趣，而哥哥弟弟兴趣颇浓，哪里的鱼塘要抽干水抓鱼，他们早早就去到那边守着，不管抓多少，都很开心。虽然晚上能美美地喝上鱼汤，但是我依然不屑一顾。

就如放黄鳝。

哥哥很是喜欢。开春了，眠了一个冬天的黄鳝，渐渐苏醒，这个时候的黄鳝最馋。

哥哥早早地就拿出了放黄鳝的竹篓，一个个的就像一个长长的蒲瓜，呈圆锥形，大概四十厘米长，头大大的、圆圆的，中间有个圆圆的大嘴巴，嘴也呈圆锥形，开口圆圆，越往里越小，最里面被柔软的竹篾围成了一个小指大小的圆口，这样设计就是方便黄鳝进去，但是出来却是妄想。最为关键的还是竹篓的钓针，要靠钓针上的诱饵，才能引诱出馋了懒了一冬的黄鳝。

我看见哥哥最常用的诱饵就是蚯蚓。哥哥说蚯蚓腥味重，往水里一放，那腥味就能迅速地扩散到四周的水域，牢牢地把躲藏在附近洞里的黄鳝给馋出洞来。往往在傍晚前，哥哥就会拿起锄头，出去挖诱饵，哥哥负责找蚯蚓、挖蚯蚓，我负责捡起蚯蚓。说实话，我是很不情愿的，一般这样的活都是弟弟去配合哥哥。我只是偶尔为之，对于放黄鳝，我也是不闻不问。

挖蚯蚓，哥哥有技巧。一般找潮湿的、人与动物很少打扰过的地方，再观察地面，找到一条条的叠在一起的土条，根据土条的粗细就能判断出土下蚯蚓的大小。哥哥喜欢轻轻地挖，与其说挖，倒不如说耙，他说这样不容易把蚯蚓的身躯截断，截断的蚯蚓腥味大减。用来装蚯蚓的小桶也是有讲究的，在里面要稍微放些土，这样更有利于保腥。等诱饵准备得差不多时，我的手上已经是由腥味变成了臊味，闻着胃里翻江倒海，整个手掌布满了蚯蚓吐出的透明的滑滑的黏液，中间还夹杂着些许的泥巴，恶心至极。每每想起来，几日都是食难下咽。我不得不钦佩起哥哥来，因为他倒腾蚯蚓的时间更长。

蚯蚓准备足够了，回到家，该把诱饵穿到钓针上了。这是一个细活，我干不来，一来我讨厌这股味，二来我穿蚯蚓总是浪费。哥哥就不让我去穿钓针。

哥哥熟练地抓起一条蚯蚓往钓针上穿去。这钓针并不是用铁做的，与钓鱼的钓针完全不一样，它是用竹子削成的，长长的，比黄鳝篓稍短些即可。穿钓针时一定要注意，要对准蚯蚓的一头，从这头进，要直直地从那头出来，不能把蚯蚓穿破，更不能穿断，而我最擅长把蚯蚓穿破，有时还穿断。一根钓针穿一条蚯蚓就够了。接着就是放钓针，放的技巧我懂。钓针从尾部插进去时要刚刚到达竹篓开口最里部的小口处，但是又不能靠太近，不能悬空对准口，不然黄鳝探脑袋就吃光了，钓针最好贴着竹篓放在开口处。捆黄鳝篓也不简单，一定要捆得严严实实的，不然泡一晚上水，口子就松了，解馋后的黄鳝一用力就出去了。曾经出现过这样的情况，我猜想那个篓子一定是我捆的。所以，经过几次的实践，哥哥决定不再让我掺和这样的事情。只让我看着，或收黄鳝的时候帮忙提提桶。当一个个黄鳝篓捆好后已是黄昏了，天黑后，哥哥提着装着满满的黄鳝篓的箢篼，走向田野。我偶尔在后面帮忙打着灯。哥哥告诉我，为什么要天黑放篓子，一来不惊动洞中的黄鳝，你瞧黄鳝那双小小的、圆圆的眼睛，可厉害了；二来防君子不防小人，放得早，被一些人看到了、记住了，早上早早地就帮你收了黄鳝，你还不知道。当然这样的事很少发生。

我更是敬佩起哥哥来。

哥哥放篓，绝不是随意一放了之，他能准确地判断出黄鳝最喜藏身之处，然后把篓子放到附近的泥沟子里，让水远远地漫过它。篓子要吃点泥，这个分寸要把握好，不能吃太深，否则泥巴会把口子堵住，也不能吃太浅，这样到时篓子会浮起一部分来，这就方便了小人。开春的水有一丝丝的凉意，却丝毫没有冻走哥哥放黄鳝的热情。看着哥哥一脸的笑意，我可以想象出那一只只黄鳝，被那蚯蚓吸引得往篓子游去的情景。

放篓子的技巧，我觉得倒不算什么，最了不起的是——记篓子。一大片的水田，刚开春，田还没有犁开，这是第一季的放黄鳝。夜晚借着朦胧的月色望去，一片片闪着银光的都是水，而刚刚一路放下来的那几十只篓子，哥哥却能牢牢地记在心中。第二天一早，他能准确无误地一伸手就拿出昨晚的篓子，并且按照放的顺序，一个个收。而我，在回来的路上，早就把中间放的那些忘得差不多了。记篓子位置要准，不能记个大概差不多，因为整个田野不是哥哥一个人在放，一到晚上，田野里星星点点地闪着手电筒的光芒。一不小心就把别人的篓子收了，这是放黄鳝人的大忌。如此一来，大家都乱了，结果可想而知。而村里放黄鳝那么久，却从未听说这样的事。

哥哥不但技高，人也不贪。

收篓子，一定要天刚蒙蒙亮，这样黄鳝还沉浸在昨晚的馋梦中就给收了，存活率就大大提高了。要是晚了，天亮了，光线透过清清的水穿进篓子，吵醒它了，它那暴躁的脾气，早就开始横冲直撞了。结果，它自己没出去，反而受伤了，那么这样的黄鳝就容易死去。死去的黄鳝就没有人要了。

踩着蒙蒙亮的晨光，哥哥一个个地细心地收着，首先找准篓位，轻轻地探下去，抓住篓子，把篓子拿起，这时就可以轻轻地抖一抖篓子，以便把篓子上的泥巴给抖去。这时黄鳝被惊醒，可是已经太晚了。

哥哥在抖篓的时候就能判断出篓子里有多少黄鳝，有没有大的黄鳝。在那个时候，大的黄鳝特别招人喜欢，有的一条就半斤重，所以在捆篓子的时候要捆紧了，不能大的没放住，反而全部都毁了。哥哥放的篓子很少出现一条都没有的现象。为了让黄鳝的存活率更高，哥哥收黄鳝跟别人不一样，通常人们都是把篓子收了，回到家再打开尾部，一条条黄鳝就顺势游了出来。而哥哥不一样，这也是他积累的经验。他收黄鳝一般会带弟弟或我，我或弟弟负责提个大桶子，他收篓子的时候，顺势就把黄鳝给放到桶子里了。这样也就免去了在提篓子回去的那一段路上，对黄鳝造成伤害。

一般头天放过篓子的地方，第二天是不会放的。哥哥不但关注自己放的地方，晚上放的时候，还会留意一下大家所放的范围，手电筒密集的地方，就是大家放得密集的地方。他准会往人少的地方放，每天都能满载而归。

等田开犁了，水变得稍微有丝丝暖意的时候，又是第二季也是最后一个放黄鳝季了。过了这个时候，秧苗也就长得差不多了，庄稼人家要开始插秧了。往往刚开犁的水田，当晚放篓子，效果会更好。因为，开犁时，准会把田里的黄鳝给惊得四处逃窜，离家出走。一到晚上，正愁找不着家呢，还饿着肚子，这个时候，要是有那美美的腥味飘来，它定会踏水寻腥了。往往这季是放黄鳝的旺季，但是这时的黄鳝价也便宜，人们在第一季已经解了馋了。

对于哥哥，对于家庭来说，放黄鳝，并非为了满足口腹之欲，而是纾困之举。

黄鳝是放来卖的，对于家来说就是提款机。有钱才能买柴米油盐，才能供孩子读书。哥哥可是做了不少贡献。

第一季的黄鳝，特别是第一天放的黄鳝谁都不舍得吃。早早拿到集市去，能卖个好的价钱。而自留的都是那些病恹恹的、毫无生气、就要断气的黄鳝，不过那味道至今也是难以忘怀。

最怀念的是父亲的莴笋叶炒黄鳝。

莴笋叶要嫩的，洗干净，用手把莴笋叶一节节地掐断，然后把黄鳝解剖好。解剖黄鳝父亲是个老手。首先把黄鳝的头给敲一敲，黄鳝死了还是会不断地扭动那身躯，所以就要用锥子把黄鳝钉在砧板上，然后用刀尖把肚子剖开，把肚子清干净。父亲一眨眼就把黄鳝的内骨整个给去掉了，我看了很多遍，至今都不知道他是怎么弄的。全部收拾好了，就用刀背把黄鳝给打得宽宽的、平平的，剁成整整齐齐、大小合适的鳝段。

炒黄鳝可要技术，老了味道不好，嫩了嚼不动。

油烧热后，快速地放下黄鳝，不断地翻炒，并放些料酒，翻炒至黄鳝变色，放进莴笋叶，翻炒一下，撒些许的米粉，放点水，煮几分钟，就可以上菜了。米粉变成一粒粒珍珠似的滑口小圆球，莴笋青青的叶子也沾了黄鳝的鲜味，变得鲜美可口。真是一道难得的美味佳肴。

可是很多年再也没有吃到过莴笋叶炒黄鳝了。虽然在很多大酒店吃过黄鳝不同的做法，可是再也找不回儿时的味道。哥哥已经很多年没有放黄鳝了，儿时放黄鳝的竹篓也早不知道去哪儿了，是烧了，还是丢了，谁也不知道。我不知道，当我说出这种竹篓时，还有人能做得出来吗？父亲说，故乡早就没有人放黄鳝了，再说就算有人放，也没有黄鳝了。父亲说这几年，黄鳝似乎绝迹了。

而如今，我什么时候想吃到黄鳝，只要我想，我都能吃到。现在不仅仅是黄鳝，不管你想要吃什么，只要你想要，几乎都能吃到，再也不用等到某个时节了。

一样东西，普及程度越高，人们的期待也就没有了，其内在的价值也大大地下降了。

我期待的儿时的黄鳝味再回不来了。

（原载于《普者黑》2012.08）

奶奶的树

每个人生前都有一棵属于自己的树，就像每个人死后，天上都有一颗属于他自己的星星一样。奶奶菜园旁的那棵树，我想那就是奶奶的树。奶奶已经不在了，可是属于她的树还在继续地活着。奶奶有属于她的树，可是在繁华的都市里，我却找不到属于我的那棵树。

春去秋来，岁月在日月星辰中，偷偷地走过生命中的每一分、每一秒，那些随波逐流的人们只能在生命中不断地为追逐而追逐，为忙碌而忙碌，没有人会在乎一棵树，就算是属于自己的树。因为一棵树根本不是你想要的。一天天、一年年，日子从来都不会为任何一个人停留，也不会为任何一个人而奔跑。大部分人注定要被日子牵引着前行，当然也有不少人能牵着岁月的鼻子任由自己安排。我不知道自己在岁月中充当着什么角色，不过这根本影响不了我在岁月中的行走，根本影响不了我的那棵树。

我回到故乡，回到这里寻找曾经的那个我。当我再次站在门前的大树下时，我再也找不到曾经攀爬它的自己，树依然春到着绿，而我，春到着什么呢？曾经一起在大树下不断地追逐的伙伴们，至今都不见归来。而那棵陪伴我们一起长大的树，却一直挺立在那儿。望穿秋水，一年过去，那些熟悉的脚步才会来到它的面前停留片刻。

我抬头看见了大树伸向天空的一枝枝孤单的树干，它是那么的单薄，褪去夏日绿绿的戎装我才知道又一年了。每年年末归故里，看到的都是这般模样的它，我都是瞟一眼就走过去了，或从家门不经意地望它一眼。

当我路过奶奶的菜园，偶尔抬头朝老树望去，才发现和去年相比，老树从来就没有像今年那样苍老。一根折断的树枝高高地挂在树干上，迟迟不肯掉下来；满身的苔藓，从树根部一直延伸到它的胸前，一块块灰色的斑痕，已经布满了它的全身；一片片树皮微微卷起，有的已经脱落，满地的树皮静静地躺在地上，张望着天空，张望着这棵孤单的大树，张望着那条条从树干流到根部的树的泪，这泪已然和树融为一体，变成了树外的年轮，变成了树一条条凸起的经脉。一条条，那是树的皱纹，那是树哭泣后的泪。奶奶老了，去了，奶奶的树也老了。

站在大树下，我才发现其实我们都很孤单，才发现大树也害怕孤单。

一年年过去，那个曾经热闹的村庄，随着岁月的流逝，随着曾经还是一个放牛娃的我退去幼稚走向大都市，村庄的时钟也就慢慢地慢下来了，大树仿佛就是静立在夜里。

我眼前的这棵老树，它陪伴奶奶走过了一辈子，奶奶也陪伴它走过了那一段段岁月，让它不感到孤单。奶奶陪伴我走过近三十年的岁月时，她连个招呼也没打，就这样静静地走了。奶奶菜园旁的这棵老树，它再也不会看到一个老人早早地在它旁边的菜园里，拔着菜园里的小草；再也看不到奶奶把一勺勺的水，洒向嫩嫩的菜叶；听不到一粒粒水珠活蹦乱跳落下，发出沙沙的声响，那么优美，那么悠远，那是生命的悦动。园虽小，可是奶奶都要在菜园待上一个早上。我不知道她是不是在陪伴老树。在树的记忆中，它一定不会忘却这一幕。

小的时候，奶奶的菜园里总是能随着季节的更替，种上适时的蔬菜。如今望望，那一垄垄的蔬菜，冒着冬日的雪霜，却依然散发出生命的顽强。可是它们不知道，给予它们生命的那个勤劳了一辈子的老人，却再也不会回来给它们施肥，给它们松土，给它们浇水。黄昏时分，村庄再也不会看到一个老人佝偻着背，背着一捆捆木柴，踏着夕阳，走在故乡的小路上归家。

年来了，村庄的年也来了，村庄好开心，那些属于它的孩子们都风尘仆仆地拖着一家老小回到它的怀抱，这里的一切仿佛一瞬间就被激活了。满村庄又恢复曾经的热闹，到处是小孩的笑声哭声、人们的交谈声，狗也跟着主人到处串门。外面的世界再精彩，人们也无法忘记这里。可是谁知道常年累月中，村庄是如何守候这片孤单安静故土的。我更无法想象一个老人，是如何独自度过这几十年的。我从未细想。爷爷在父亲还未成家时，就驾鹤西去。奶奶独自带着六个孩子生活在这片土地上，靠着勤劳的双手，养活着这些孩子们。当这些孩子们都有了自己的孩子、有了自己的家，再也不需要靠着奶奶的双手去生活时，有谁想过冬日里一个老人孤单地睡在一张床上的感觉。奶奶是一个坚强的行走者，不管经历多少挫折打击，她还是坚强地活着，甚至是历经白发人送黑发人的遭遇，她哭泣过后，还是像树一样挺直腰板活着。但是有谁知道活着背后的辛酸，那都是一部书。而今，她终于可以去和爷爷一起生活了，再也不用孤独地行走在岁月的道路上。这是一个怎样的生命啊！

我根本不知道她的孤单，更不可能知道一棵树的孤独。当我带着妻子和孩子回到家乡时，村庄也不再是曾经的村庄了，老树也不再是曾经的老树。而今每当年后，它静静地站在这儿，张望着那个已陪它度过半百的老人，它或许知道，它再也无法看到那温馨的画面。那个曾经热闹的菜园，将因老人的离去，而变得杂草丛生了。那棵孤独的老树，依然挺立在奶奶的菜园旁。它装载着奶奶的全部记忆，静静地站在那儿，它将替奶奶继续地活着。看见树，我就看见了奶奶。

岁月走到每年的岁尾，我们才发现它又奔跑了一年，在这一年年的日子里，究竟是我踏过岁月，还是岁月从我身上走过。我发现自己也在岁月的年轮中变化，就像老树一样，一个年轮代表一年。而我不知道用什么来代表自己走过的一年。当我在那发黄的照片中找到自己并确信那就是我时，我才发现自己真的在岁月的长河中，逐渐变成今天这般模样。我看着照片中的自己，我不知道哪个是我。

春去秋来，我在岁月中走来，而奶奶也在岁月中离我远去。

我在一年年长大着，岁月给我带来了妻子，带来了孩子，曾经的五口之家，慢慢地变成了十口之家。我们长大了，成家了，父亲母亲也老了。而等我的孩子像今天的我一样带着孩子归家的时候，我的老父亲、我的老母亲，又会在哪儿？当我孩子的孩子带着妻子和孩子归家的时候，我会在哪里？岁月在有计划地给我们带来一些幸福的时候，也会有计划地带走它曾经给我们的东西，曾经养育我们的人，曾经深深地爱着我们的那些先辈们。

它想等年轻的我们都成为苍老的人时，等它给我安排了属于它的安排时，它也会将我带走，留下的都是岁月的印记。

后记：2015年7月，奶奶的树也耐不住寂寞了，在奶奶死后一年多的一个雨夜，它轰然倒下了。真的是巧合吗？我不这样认为，它在故乡的土地上，不知道陪伴过多少人，也不知道站立了多少年，唯有奶奶走后，它就那么巧合地倒下。我知道它其实就是奶奶的树，这就是树的命运，它是如此的忠诚。一棵树一个世界，一个人，一个永远也无法讲完的故事。

（原载于《大鹏文学》2016.04）

乞者

在我童年的记忆中，总是有那么一个乞丐轻轻地叩响我家那破旧的虚掩的大门，然后门就轻轻地打开了，接着就会传来一个仿佛患了重病的人的声音，他那虚弱的声音，几乎被开门的声音给掩盖住了，但是我们都知道他的来意。生活在八十年代末九十年代初的那一段岁月里，每当村庄家家户户升起那袅袅的炊烟时，就不知道突然从哪里冒出不少的乞丐。他们的行头很简单，有的手里只有一个能盛饭的破旧的碗，甚至连双筷子都没有；有的稍微好点，有个像样的碗，还配了一双筷子；有的在肩上还挎着一个小小的白色的袋子，我知道那是用来装大米的，在这个白包背后，或许就是一个家庭的期盼。在那个年头，在他们的眼里，黄金都比不上那白白的大米。而此时，他们静静地站在你家的门外，看着屋内的主人美美地吃着那香喷喷的米饭，大部分善良的庄稼人家都会给他们盛上一大碗饭，就算主人家本身也生活得极其困难，但是相对那个乞丐总是好的。也就是这样善良的人，这样善良的举动，不知道养活了多少当时吃不上饭到处流浪的人。我不清楚，村庄养活了多少这样的乞丐，反正在那个岁月里，村庄就从来没有少过乞丐的光顾，但很少有乞丐会被饿着。

我永远也不会忘记那个乞丐，高高的个子，蜡黄蜡黄的脸上，嵌着两只像枯萎的花朵的眼睛，高高的鼻梁上架着一副已破旧不堪的眼镜，手里颤抖着拿着那个破旧的饭碗，来到我家的门前，站在我的面前。全家的目光投向他。我可以感觉到他的羞涩、他的不自在，或许他是个新乞丐。我头一回看到这样的情景，这样的乞丐。每次匆忙吃完饭就往学校赶的我，不知道错过了多少幕这样的情景。我知道我家也不是第一次面对这样的情景，家里有时连我们三兄弟都只能吃个半饱。我知道饥饿的感觉是什么。面对眼前的那个中年人，从他的眼神中，我知道他应该是饿得不行了，才极度不好意思地站在那儿，也不说话。母亲让我盛一碗饭打发他，我有意给他碗里盛得满满的，夹了些菜，送到他手里。自始至终，他都没有说一句话，但是从他接过饭碗那颤抖的手，和挂满眼泪的眼睛，我明白了一切。晚饭，我始终期待他再次的出现，可是我再也没有看见他。在那个年代的村庄，没有几户人家生活得很好，所以那时的乞丐并不是如今的乞丐，他们明白大家的日子都十分艰难，他们去过一户人家，就再也不会再次地打扰了。而今每每回忆那乞丐，总是有种莫名的牵挂，不知道他去了何方？不知道他是否还活着？在温饱都无法解决的年代，人或许会变成只为生存的动物。

他们唯一的想法就是要让自己活下来，所以在那度日如年的岁月里，他们每天在太阳下思考的唯一的问题，或许就是自己的下一顿饭在何方。而且又不能重复地去一户人家，所以村庄的乞丐总是流动的，当他发现自己已经不能再在这儿讨下去时，都会自动地离去，漂泊到另外一个村庄，就这样讨下去。虽然他们是乞丐，但是我从来没有把他们当成是乞丐。我很庆幸，我有个勤劳的母亲，还有一个聪明的父亲，有个乖巧的弟弟，还有个懂事的哥哥。虽然家里常常也到处借米度日，但是全家总算是活了下来，并且坚强地活到了今天，我想这也是上天对我家最大的眷顾。村庄唯一一个到外村行乞的老人，如今还安静地、幸福地在村庄里活着，我始终相信那个眼镜乞丐也一定在某个村庄或城市里活着。据不完全统计，在八十年代末到九十年代初期，村庄行乞人超过几十万人，其中以山东、安徽、贵州、陕西、江西、广西等地的人数居多。

艰难的岁月已离去，那些曾经为了度日、为了活下来而无奈行乞的人们，如果活下来，我想他们一定是生命中的强者，一定是辛勤的劳动者。

这样的岁月已是不堪回首，如今人们早已摆脱了饥饿，过上了快节奏的小康生活，走在高楼大厦下，走在灯火通明、万家灯火的社区里，站在美丽的公园里聆听小鸟的歌唱，坐在飞奔的高铁上，无疑你的生活是幸福的。但是当你走在那人头攒动的东门商业步行街时，你依然能够看见有三五成群的乞丐，犹如摆地摊的摊主一样，静静地蹲在那儿，有的甚至是跪着。他们的队伍中大部分是四肢健全的年轻小伙子，也有健康的中年人，有的还是大学生。我不明白他们为什么，难道他们仅仅是为了能活下去吗？每当走在街上，看到路旁的乞丐，我都会不自觉地看一两眼，特别是看到戴眼镜的中年人，我有丝丝的紧张，我生怕是曾经的那个眼镜乞丐，但是我想如果他还活着，绝对不可能再去行乞。而今的乞丐，他们行乞时面前也会放上一只不锈钢的碗，但是没有哪个乞丐的碗旁会放上一双筷子。那个碗里，装的并不是饭，而是一张张纸币或一枚枚硬币。这个时候，我真的不明白，他们是肚子饥饿，还是心灵饥饿？而在他们所站或跪的地方，总会有张纸或布，有的干脆就在地上写上那优美的粉笔字，这样娟秀的字迹竟出自一个乞丐之手，连做老师的我看了都觉得有一丝丝的羞愧。所有的内容大致就是倾诉其如今是如何的艰难，家里有老母，或有小孩，身患重病急需用钱，望好心人伸出援助之手。每当看到这些，我就会不自觉地投下微薄的一点小钱，希望能帮到他。看着这一个个健康的乞丐，我不知道他们如今是在思考着下一顿的饭在何方，还是有更深刻的思考。

而今家乡再也看不见乞丐了，当我对生活充满希望，来到这个大都市时，我突然发现这里每条繁华的街道上都有各种行乞的人，而且方式多样，他们需要的仅仅是一碗饭吗？我不知道这是社会的悲哀，还是他们自己的悲哀。

（原载于《人口与文化》2012.04）

记忆中的红日

每年回到故乡，都能感受到故乡的变化，这里的人们已不再被饥饿困扰了，家家户户都活出了新的希望。一栋栋新楼拔地而起，一片片的，形成了一个没有规划的新村。此时，我却不禁想起饿死的红日。

童年对死亡最早的记忆来自这个与我毫无关系的人。那个时候，我应该只有六七岁，可是这样的记忆却一辈子难忘。对于那个时候，有什么事，自己已然记不起多少，却牢牢地记住了红日。

我常常在红日房子旁的那条道上玩耍，那个时候，道旁还是一个个大大的可以玩耍的空场地，长满野草。每到农忙时节，住在我家附近的几户人家的谷子，都是在那几片场地上暴晒着，场面尤为壮观。现在红日的房子早倒了，里面已经是杂草丛生，去年开车经过时，透出窗户，爬过残墙断壁的居然是黄瓜的藤条，不知道是哪家勤劳的妇女，在里面种上了菜，倒塌的房屋变成了菜园子；曾经的晒谷场，也早就建起了一栋栋房子。而这一切红日却没能看到。

我知道这个人的时候，他已孤身生活在我们这个村庄很久了。

至今我也无法打听到这个人的姓氏，当然我们村无非就是严、刘、顾三姓，每个姓氏有每个姓氏的祠堂、每个姓氏的族谱。不知道和我共同玩耍的那群伙伴，今天是否还能记起这么个人？当我指着他曾经居住的这片废墟地时，没有人知道有这么一个人曾经在村庄住过、生活过。或许大家记得，只是不想再去提起罢了。

听说早年他父母健在的时候给他找过媳妇，但是他那个时候不知道什么原因没有成亲，可能是瞧不上那姑娘。年轻时心总是高傲的，岁月慢慢的沉淀就会让一个人学会低头。不幸的是，他的父母早早地过世了。我不知道那个时候，他是否还有亲戚。不过从此，他就一直是一人生活着，生活在那个不属于他的破旧的房子里。他本来没有房子住的，没有人说得清他曾经的房子在哪里，仿佛他是突然来到故乡的。在那个年代，大家都在为自己一家人的生计忙活着，没有谁有闲暇的工夫去关注他人的活法。而红日失去双亲时，可能就引来了善良的村里人的关注，村里一户好心人家，就把这路旁破旧的土屋给他住。那土屋从外面看，就已经是危房了。家乡那个时候，大部分人家住的房子墙体都是用土砖做成的。

小时候，住在那土屋附近的几户人家的大人们常常拿红日来教育孩子，谁不好好学习，将来就会像红日，讨不到媳妇，自己养活不了自己。的确，红日并没有养活自己，在那个还有饥饿的年代。所以我们那群不懂事的孩子，常常带着恶作剧的淘气，有意地去欺负他那么一个三十来岁的人。看见他坐在自家门口，就远远地用石头向他丢去，嘴还唱着歌，不过没有谁是真正想打他。他从来没有责怪过我们，更没有追赶过我们，只是傻傻地坐在门口，冲我们笑笑而已。

我们并没有嫌弃他，有时还会跑到他门口玩。但是从来没有人敢进他那破旧的茅屋。我看见，那是一个阴暗潮湿的屋子，里面没有一件像样的家具。当然那个年代，谁家也没有几件像样的家具，但是与红日相比还算是富有多了。我家凳子是凳子，桌子是桌子，可是，他家什么也没有。我不知道这是不是大人说的游手好闲、好吃懒做。但是在我的记忆中真的不是这样的。我依然记得，红日养的那头猪。

那是一头小猪仔，跟他一样孤独。他从来没有把它圈起来，小猪成天在外面吃着野草，我想他也真的没有什么可以给它吃。我还用石头打过它，一丢过去，它嗷嗷地叫着，往那茅屋跑去。夜晚它从来不露宿村头，我知道它一定是住在那茅屋里，给孤独的红日做伴。平日里，我常常能看见红日走前、小猪跟后的情景。我想这猪可能也是害怕寂寞吧，跟着红日，它觉得安全，我们这些小孩再也不敢用石头打它。可是它想错了，我们照样用那小小的石头驱赶它。这一日一日地，猪慢慢地长大了，可是有一天，猪不见了，也不知道去哪儿了，反正不是红日吃了，也不是他卖了。那个时候，养一头猪可真不容易，更何况是红日这样放养的方式，能把一头猪养大，真的不容易。面对消失的猪，他来过我们家那边的巷子找过。他急促地呼唤，匆匆地寻找。我突然也痛恨起那个偷猪贼来。看着垂头丧气的他，我同情起他来。是啊，对于他来说，猪已经是他家的一员了，也是他最大的一笔财富啊。猪的走丢，对于平常人家来说是不可能发生的，因为大家都圈养着。如果真是谁家的猪被偷走了，也不可能像红日一样，成天无精打采，像是死去了亲人一般。我不知道是不是从那时起，他对生的希望都没有了。他更加地邋遢，衣服破旧不堪，头发由于太久太久没有清洗，已经结成板块了，脸上的胡子毫无生气，一根挤着一根，歪歪扭扭的。他没有一双好鞋子，冬天穿的鞋都能露出脚趾，更别谈袜子了。在猪走丢的半年内，他变成了另外一个人。

猪走丢前，我们玩耍的时候，常常能看到他早出晚归，虽然我不知道他干什么，但是我想一个早出晚归的人，能是一个懒人吗？懒人，晚上回来会带一把菜吗？那个时候，他也是会种菜的，也有自己开荒的菜地，也有随着季节变化生长的蔬菜。因为他对生活也充满着希望。不过那个时候，听说他没有种地，在我们这么一个以种植稻谷为主的乡村，一个农民不种地就意味着要挨饿。

在他父母刚刚死去的那几年，听说他还是会种地的。还是会在收获的季节里，收割些稻谷回来，足够供应他一个人生活下去的口粮。大地就是这样，只要你种下什么，它就会回馈给你什么。所以大地是我们的母亲。对于一个土生土长的农民来说，种地并不难，只要有地养活自己也不难。从红日放弃土地那刻开始，我想他在故乡待下去，命运就注定了。故乡从来不会怠慢自己的子女。红日是唯一一个被故乡遗弃的孤儿。

我清楚地记得，他死去那天的情形。

那是一个冬天的上午，一定是冬天。

早晨刚过，阳光暖暖地照在故乡的每一个角落，我们这些没事的顽童，一如既往地在巷子里头玩着各种游戏。也不知道是谁，说红日就要死了。我们没有一丝丝的悲伤，大家都乱哄哄地吼叫着，就像要去看戏一般，仿佛要死的不是一个人。当我们奔跑到红日门前，我看到了那一辈子都无法忘记的一幕。红日正静静地斜躺在家门口，一只手肘半支撑着，背软软地靠在地上的一块高高的石头上，就像有谁抽去了他全身的骨架。那粗粗的呼吸声我们都听见了。

“切，他还活着。”

“那个瘪三骗我们的。”

“要是死了，那多带劲！”

大家你一言我一语地带着失望闲聊着，不时还有调皮胆大的孩子，用脚轻轻地踢踢红日。红日一动不动，我看他连抬眼皮的力气都没有了。我发现，红日比任何时候都肥胖，后来我知道那是一种极饿之后的表现。当时大家依然可以看见，红日那懒懒的、不时眨动几下的眼皮。大家觉得没有什么可取乐的了。接下来，不知道是谁做了让他自己可能会后悔一辈子的事。那个顽皮的孩子，可能为了不白跑这一趟，为了取乐大家，就把躺在地上的红日的裤子往下脱，脱到膝盖下，可能拉不动，裤子就定格在膝盖上。我们才发现红日在这个冬天就只穿了一条裤子。那个时候，没有一个大人在场，我想如果有大人，没有一个孩子会被允许这样对待一个将要死去的人。红日的脸上依然是如此的平静，平静得叫人害怕。他彻底地瘫在地上，没有发出任何声音，当孩子在脱他裤子的时候，他连动弹一下都没有。我想他真的是要死了，不然他怎么能如此平静地面对这样的事情。当阳光照射在他恬静的脸上时，我有些害怕，被他死一般的脸吓着了。我再也感受不到他有任何的生命迹象。他就这样静静地躺在那儿，我们都知道，这个时候他应该还没有真正地死去，不过至少有一只脚已经踏进了天堂的那扇门。

随后大家一哄而散了，没有谁给他把裤子提上，或许是因为害怕。

“红日死了，红日死了！”

声音响满村庄，没有人惊讶，没有人难过。阳光依然灿烂。大人们刚从饭后的闲聊中走出家门，闻声过去了。

“哪家狗日的孩子，做出这样遭雷劈的事啊，红日……红日……红日真的死了！”

红日死了，死在自家的门口，大家都说是饿死的。

那个冬天，没有像往常村里死人一样，红日没有葬礼，没有唢呐鼓乐，没有喊魂声，更没有任何人给他披麻戴孝。最后连埋葬都是如此的简单。听说，是夜晚，几个好心人，撬开了一个山上的坟墓，把他推了进去。红日孤独了一辈子，住在了别人的屋子里，死后居然也寄人篱下。也好，活着没人陪伴，死了就别让他再做个孤独的鬼了。

（原载于《大鹏文学》2017.3）

故乡的冬天

一

冬天来了，雪也来了，那是小时候冬天的场景。

立冬了，天越来越冷了，那种冷，是一种干冷；风不再温柔，似刀割人的脸。干巴巴的空气，毫无生气，没有乌云，也没有太阳，就混沌的一片，看不清是什么。也许什么也没有。后来，天也变得越来越黄，黄得吓人，就像一个黄疸极高的孩子的肤色，黄黄的光芒让整个世界也跟着黄了起来。过后就是黄里夹杂着些许的光亮，越来越亮，越来越亮，那是雪仔将要来临的前奏。站在天穹之下，仰望，一会儿就能看见一粒粒的雪仔从天而降，吓得我赶紧往家里躲去。站在家门口往外望去，一粒粒的雪仔砸在瓦片上，又蹦跳着弹了起来，又落下去，又弹起来，一直要欢般地往地下奔去，然后钻进了土里，不见踪影了。这是先遣军，是敢死队，它的牺牲换来后来者的炫耀与成长。慢慢地，瓦片与瓦片之间的雪仔就像叠罗汉般越来越多，地上远远地就能看见一小片、一小片如同白色帽子般的雪仔。

簌簌沙沙的，听，那就是雪仔们在欢唱，整个世界都成了它们的舞台。有的飘落在小草上，簌簌的响声；有的打在树叶上，沙沙的声音；有的掉进水里，轻轻地、轻轻地，只有细心听才能听到声音，后来密集了，就能听到不断地、咚咚地响起来了。一粒粒地飞落下来，然后消失融化，一粒粒地前仆后继，才有了小白帽般的雪仔，不知道失去了多少雪仔，才换来它们的站立。

雪仔往往是先小后大地下着，下着，有时半个小时，有时一个小时，然后又慢慢地小下去，直到停下来。一会儿世界就静悄悄的，你以为今年的雪就这样结束了，那你错了。故乡的雪，可不是这样的，雪仔只是尖刀连，它们是为大雪的来临铺路的。

不到一会儿，当你跑出去时，就能看见细细的，如沙、如盐般的雪，轻轻飘飘地、潇潇洒洒地、慢慢悠悠地从天上飘落下来，犹如天女散花。那雪下得无声无息，毫不张扬。整个天空，布满了这样的细雪，天空再也不是那么空荡荡的，到处被细雪均匀地填得严严实实的，恐怕一只蜜蜂都无法在其中穿行了。它们不像雪仔那么急，滑落的线条也没有那么的直，它想飘到哪儿就飘到哪儿，想跟谁打个招呼就跟谁打个招呼。慢慢地，天空突然就多出了一片片长长的、细细的棉絮般的雪花，那小蛮腰纤细得很。它们夹杂在细小的雪中，是那么的耀眼。起先是一片两片的，后来它们觉得细雪好欺负，就派遣越来越多的雪花，慢慢地就侵占了细雪的领地，挤得它们唉声叹气，最后实在没办法，它们彻底地让出了自己的领域。纤细的雪，一片赶着一片欢快地来到地上，天空已经彻底变成了它们的天堂。可是它们似乎发现了什么？因为在它们的天空里，好像出现了强者。它们警惕起来。瞧，天哪！是的，那么大一片的雪花块，像一个蓬松的纽扣，像一个炸开的爆米花，有的还像一朵刚采下来的大大棉花。它们从天上横冲直撞地奔下来，有的时候撞上纤细的雪，它就毫无办法地被大大的雪花块收编了。它们知道，自己的世界可能要沦陷了，所以它们也开始跑得如此的急。大大的雪花块一朵接一朵地飞舞起来了，天空纷纷扬扬布满了雪花块，可是它们不管怎样嚣张，都无法将纤细的雪花彻彻底底地赶走。雪花块发现，它们怎样做都无济于事，也就退一步海阔天空了。

瞧，纤细的雪花，和大大的雪花块居然和睦相处起来。它们各自在各自的天空展示着自己婀娜多姿的舞姿。有时一下就是一天，停一会儿，又接着下。

它们居然编织出了一条大得毫无规则的毯子，有的地方有些薄，甚至有的地方还有些破洞。但是要不了多久，这条白白的毛毯就严严实实地把整个世界给盖了起来。躲在毛毯下的人们，并没有感觉到有多么的温暖，反而更多的是寒冷，不过那是一种幸福而满足的寒冷。推开门，世界从未如此的纯洁，曾经五颜六色的世界，如今一片银白。谁会知道有多少雪献出了宝贵的生命，才换来这个纯洁的世界。

当然最冷的时候并不是下雪时，而是雪融化时。太阳羞答答地透过云层，抚摸着雪，生怕伤害它们，可是太阳并不知道，它的出现，不管多温柔都是无济于事，因为它和雪注定是不能和睦相处的。雪在一点一点地融化，它会伤心，因为它通过寒气把自己的伤心传达给每一个人。

二

多美的雪，可是它却要消失。

而它的消失总要给我们这些小孩一点什么礼物。

雪后，沿着屋檐流下的雪的泪，慢慢地就结成了长长的、尖尖的一条冰棱，顽皮的我们总是会想着法子弄几条含在嘴里，虽然冻得小嘴通红通红，但是对冰棒的回忆让我们对冰棱棱也爱不释手。听说这些冰棱棱放到一缸缸的泡菜里，来年泡菜会更香，不过我从未见母亲这样做过。我家等不到来年，泡菜就在漫漫的冬日被我们吃得所剩无几了。

冬天，对于以种植水稻的故乡来说，真的是一个休闲的季节，只有冬天，大家才真正意义上闲了下来。稻田里已经就只剩下雪了，菜园里也不用浇水了，妇女们闲下了，故乡才是真正的闲了下来。人们三五成群地聚集到一家，东家长西家短的，唠叨个没完没了。而往往这家都会生上一堆明火，一天整个屋子里都是暖暖和和的。那个时候老人流行自己带火笼，有关火笼的样子，我在《我的小学》里有详细的介绍。一般火笼还真耐寒，一天下来，里面还是有散发不完的热量。那个时候，没有谁家舍得用木柴来烤火的，那是多么珍贵的东西。那是秋收后，勤劳的妇女们上山一把把地背回来的。母亲就经常和同村的人，去很远的外村砍柴。因为故乡的山，都是极平的，没有高树，茶树居多。所以砍回的柴一般是年前年后做饭用。但是大家又要度过寒冷的冬天，于是在炎炎的夏季和干燥的秋天，山上总是有背着包、满山跑的孩子。我曾经就是其中一个。我们包里装的正是一块块干燥的牛粪。冬天它是烧火的最佳物品。因为干燥也易燃，燃烧的时间也持久，更佳的是，燃烧后，它依然是一团火红火红的球，有散发不完的热量。而等它彻底燃烧后，留下的残渣却十分少。缺点就是，如果你烤一天的牛粪火，那么你的手，就像被黄黄的颜料给渲染了一遍；还有些许的烟气，特别是有点潮湿的牛粪。后来慢慢地，故乡再也没有人用牛粪烧火了，大家开始用更耐烧的木炭，无烟，但是热量却更大。冬天，火就是聚人的宝物，谁家生火了，那些个蹭火的人，就往里钻。我家也并不是每天都生火，记得我也常常待在被窝里度过寒冷的日子。

可是对于我来说，冬天记忆最深刻的并不是冷，而是冻疮。每年冬天，特别是雪融化的时候，我的脚，我的手，就开始被冻疮疯狂地缠上了。

冻疮所到之处就是红肿红肿的，最中间的那个疮尤为红艳，可是那种红艳背后却是藏着疮的毒辣。这个疮是冻出来的，可是当疮爬上你的手时，你要再来给它保暖，那就是遭罪。这就是冻疮恶毒的一面。当你把它连同你的手放进口袋，放到火旁时，它就会拼死反抗，在你的手皮下不断地挠着，让你奇痒无比，那种痒，痒得你禁不住地就去用力抓它。你越抓越来劲，抓也会上瘾的，当你抓够了，你才发现手皮都抓破了，可是疮依然挺立在原地一动不动。往往这个时候，我都有种想把手指剁掉的冲动。其实最难受的倒不是这个，因为你完全可以不放进口袋，不放到火旁，可是你却不能不睡觉吧。让我最难受的莫过于此了。

一个晚上我总是在重复着一件事，把手放进被窝，等痒醒了，又拿出被窝；等冻醒了，再放回被窝，那种日子真难熬。

不过这样也省事了，不用像别的同学一样戴个保暖手套，至少我省下了一双手套。那个时候，大家的手套基本都是自己的姐姐妹妹织的。我没有姐姐，也没有妹妹，所以冬天里要有一双手套真的是一种奢望。那种经济条件下，你也别指望父母出钱给你置办。

直到后来冻疮彻底被我征服了，我也拥有了自己的一双手套，可是我至今都不知道是怎么得来的，因为我的大脑里塞得满满的是征服冻疮的景象。我今天都不敢相信，我有如此的决心与毅力。

我不记得是听谁说的这种治疗的办法，但是我的冻疮却是这样治好了。在哥哥往灶台里加火把水烧温后，我就把那只长满冻疮的手放到水中，火就在锅下慢慢地舔着锅底，水越来越热，越来越热，先是一粒粒的珍珠似的小水泡从锅底往上冒，慢慢地越来越多。我知道水已经开了，因为它已经翻滚起来，吐出一阵阵雾气来。其实手已经红得吓人，可是最让我难受的不是热，而是冻疮。这个时候仿佛所有的血液都聚集到了冻疮口了，那个中心越来越红，有种喷薄而出的感觉。一到这个时候，我就会把手拿出来，然后再反复几次。就这样第二天，肿肿的冻疮居然像一个被放了气的气球般，皮肤已经松懈了许多，再不是肿肿的、硬硬的，而是软绵绵的。没过几天，冻疮真的好了。可是来年，它居然又长了，我毅然用开水烫去，它又跑了。自此之后，冻疮再也没有纠缠我了。

三

冬天，冷还真不是什么大问题，没什么更好的御寒衣服穿，就一件毛衣套一件毛衣，每一个孩子都裹得像个粽子似的。或者天天窝在家里烤火，如果火都生不起，或者不想生，那就干脆窝在被窝里。这都是可以的。但是民以食为天，肚子总是要填饱的，这还真是个问题。因为在反季节蔬菜还没有出现的时候，菜真是一个大问题。毕竟在冬天能吃到的蔬菜十分有限。

不过在故乡生活了几十年的人们，早就学会了生存的本领。每家每户在冬天来临前早早就准备了足够的各种各样的干菜。而且都是绝对的纯手工制作的无污染绿色食品。

每到秋收后，人们都没农事可干，上午的太阳热热的，但又不过于火辣，这正是制作各种干菜的好时候。做得特别多的当然是萝卜干，大大的一个个萝卜洗得干干净净的，然后把一个个大萝卜切成一长条一长条。一般情况下，一个萝卜只切四块。所有萝卜切好后，第一天，晒一天，晚上撒上些盐，腌一个晚上。第二天，太阳出来了，打开竹席，又开始晒，直到萝卜晒成土色，原来大大一块，现在都变成一条紧紧的小萝卜干了。一条条的绷紧着脸，硬硬的，这样收藏的时间就更长了，每到冬大，这是熬汤、炒肉的好菜。

冬天故乡冷得出名，所有的菜等你炒完，上完菜，全家准备用餐的时候，菜早就凉得不行了。所以每到冬天，家家户户的小炉子就生起来了。小炉子往桌子上一放，烧上一锅开水，放点油与盐就算是锅底了，然后把炒的菜统统地往锅里倒去，就变成了故乡的火锅了。有时还有不少配菜，豆腐就是最常见的配菜之一了，也有小青菜。菜的热度永远不会冷下去。越吃越有味，越吃越浓，吃不完留着，晚上生上火，菜也不炒了，直接去菜园摘点青菜，往锅里放进去就可以了。而汤的味道，由于午餐的熬制，变得更加的美味了。每到冬天，我就怀念起故乡的小炉子来。

冬天故乡的食物真的很单调，无非就是把各季节的蔬菜变成菜干，只要能晒干的菜，都会被制成菜干。干豆角、干红薯片，一大堆足够应付一个冬天。还有干霉豆腐片，那味道真的香甜。把霉豆腐和面粉和在一起，搓成一条条的如大蛇状，然后一片一片地切开，晒干即可。冬天要吃的时候，拿出来用油煎一会儿，就会膨胀得很大很大，香味溢满整个厨房，吃起来下饭，香香脆脆的，一咬那清脆的声音就足以让人念念不忘，那声音是我童年里最美的声音。

红薯片用油一炸也是十分的脆，咯嗒咯嗒地响个不停，当然它缺少霉豆腐片的那种让人销魂的酥软。

而在我记忆中吃得最多的就是香干萝卜炒肉，吃得我至今看到都反胃。生硬生硬的，咬都难咬动，放进嘴里，嚼也得嚼半天。等吃完一餐饭，两个腮帮酸楚楚。这是萝卜干最常见的做法。当然最香最怀念的还是萝卜干熬汤了。但是这样的美味并不经常能品味到。萝卜干熬汤是上品，一般是在春节招待客人时才会上桌。其实做法极其简单，就是肉炖萝卜干汤，再放些山药，一熬，那浓浓的味道，直接飘进你的胃里。整锅汤都是萝卜的味道，那是储藏在萝卜中的春天的味道，美味至极。而今，就算我直接从市场上购买新鲜的萝卜，都煮不出萝卜的味道，更别谈春天的味道。不仅仅是萝卜，不知道是不是吃了三十多年的菜，嘴给吃娇贵了，吃什么都吃不出属于它本身的味道，更别谈菜干了。

于是，我更想念起故乡的各种菜干、泡菜来了。

母亲在故乡也算得上是个农事的能手，在我的记忆中，她没有闲季。倒腾完水田的事，再折腾菜园。而相对村里其他男人来说，父亲是一个不合格的农人，他本来就不该是农人，那个年代，我没有听说故乡有第二个大学生农人，而父亲却做了一辈子的农人。不知道母亲是不是后悔自己年轻时所犯下的错误，才这样的勤劳，才容忍起父亲的懒惰来。家里大大小小的事情，基本是母亲操办着，当然包括我们的肚子。记忆中，父亲从来没有为下一顿饭吃什么菜而去上心过。

冬天就是为着一日三餐桌上的菜。所以就算是冬天，母亲都从没有放弃她的菜园，虽然有菜干，可是母亲总是能适时地带回这个季节应有的新鲜的蔬菜。我为母亲的巧手感到骄傲。

所以想冬天，我就想到了食物，就自然想起母亲来。

时光依然迈着轻盈的步伐走过故乡的每一个角落，每一个角落都在它的形迹中成长着，唯独它自己依然如此的年轻。故乡依然迎来一个个的冬天，可是故乡的冬天，再也无法让我回到那个一到冬天就飘雪的冬天了，再也看不到挂在屋檐下的那长长的、尖尖的冰棱棱了。母亲再也不用为冬天的食物而去操心了。故乡再也看不到成片成片的，在阳光下晾晒着的萝卜干、白菜干、豆角干了。

冬天来了，雪却没有来，这是如今冬天的场景。

故乡的冬天已经渐行渐远了，再见了，故乡的冬天。

（原载于《宝安日报》2016.4.17）

恋上故乡

我一直以为离故乡很远很远，可是当我静静地睡下的时候，梦里都是故乡的山、故乡的天、故乡的那片树林、故乡的那个大水塘、故乡的每一个熟悉的脸庞。作为故乡的游子，不管身在何处，不管经历什么，唯一不会改变的就是儿时故乡给予我的那些美好的记忆。

那山

路依然是那条路，路边的小草，冬去，春又来；树还是那些树，叶落，春又长；山从来都是那些山，山上的一棵棵茶树，还是那些茶树，郁郁葱葱，永远也长不大，更不会变小。在岁月的长河里，似乎山永远都是如此，都是那样静静地、静静地望着这个山村。

山上的茶树，一般都不高，大部分是两米多，一米多的也常见，稍微大点的三米多，分出好几个大大的树枝，但是老点的树，树干都长满了金黄金黄的粉末，用手一搓，就像黄蜂在钻木板一般，纷纷扬扬地飘撒着金黄的粉。所以我们一般都不会爬，更不会坐在这样的树枝上了。更何况茶树是最容易惹蚂蚁的，高高的树枝上蚂蚁们搭着一个个大大的蚂蚁窝，很是吓人。

春天来了，我们常常在山里的茶树上寻找一种刚刚长成的嫩绿的叶子，小时候，管它叫茶耳朵，嫩绿中带点粉红，有的大得就像人的耳朵，有的小点的就像一个含苞待放的小花骨朵。采一个吃一个，往往上一个刚入口，下一个就出现了，有的时候一个中午都没找着一个，只能悻悻地下山，往学校奔去。当然，就算一个茶耳朵也没有，我们也不会白上山一趟。口袋里装着早早准备好的一根根小小的吸管，有的是自己用稻草做的，干干的稻草中间早就空空如也。把吸管往刚刚开放的白白的茶花里一放，嘴一吸，一口口甜甜的蜜水就足够让自己享受一番，一朵一朵地吸，就像一只勤劳的蜜蜂在采蜜。至今，我只记得那些白白的茶花，还有那甜甜茶花蜜的味道，却记不住究竟和谁一起去。说到儿时的玩伴时，我居然浮现不出一个少年的脸蛋，而家乡的那一座座称不得山的山，却牢牢地印在心中，山上一切都逃不过我的眼睛。

山里嫩绿的草，疯也似的长着，它们想怎么长就怎么长，有的依靠茶树，一直攀爬上去；有的直直地靠着自己的力量聚集在一起，一直往上长着，真像一个草的森林。这些都是牛儿们最喜欢的，可是草儿们从来都不会悲伤，牛儿不是这头就是那头会不经意地撒上一泡大的尿，或拉下一大堆温暖的牛粪。要不了多久，草儿们就会借助着这些营养更疯狂地毫无顾忌地长着。在草密集的地方，有时你不经意地走过草丛，还会把躲藏在里面的野鸡吓个正着，大家你追我围，可还是让它逃了。不过偶尔也能逮住。野鸡肉香香的，那香味似乎依然飘荡在那座山里。

长在小山坡上茶树旁的草一般都很密很高，往往这样的小山坡都是兔子喜欢的栖息地。逮兔子可不容易，明明把洞口堵住了，却一只也没逮着，一会儿却看见它在不远处奔跑，很后悔那时的课本里怎么就没有说狡兔三窟呢。

这样的山坡除了兔子喜欢，蛇也喜欢。常常兔子没逮着，却吓了一窝蛇，也把自己给吓住。虽然大家也知道有蛇，但是在逮野鸡、抓兔子时，好像谁也没有去害怕什么。其实，让大家有点害怕与恐惧的还是小山坡里面的坟墓。村里人都喜欢给逝去的亲人选择这样有山坡的地方作为终身福地，这样他们在地下就有靠山了。往往经过一座坟墓时，大家心里都有点小紧张，但是好奇心战胜了害怕，大伙都会凑到墓前，读着一个个由熟悉的文字组成的陌生的名字，当然也能找到一些熟悉的、活着的人的名字。我就是从我爷爷的墓碑上找到我的名字的。这是我第一次看到自己的名字刻在一块碑上。后来，我的名字又刻在了奶奶的墓碑上。奶奶的墓就嵌在儿时经常采茶耳朵的那座山上的一个小坡上。那里，每年春天的茶耳朵最多，当然那里也密密麻麻地聚集着越来越多的坟墓。

每到春天，茶树开花时，就有成群的孩子穿梭在茶树间，让这座山瞬间就充满生机，而今，当我漫步在山间的小路时，曾经像我们一样的小孩呢？他们都去哪儿了？是不是大人们生怕孩子出什么意外，而天天圈养着？生活条件越来越好，孩子成了家里的宝，孩子们的自由也越来越少。我们小的时候，所有的伙伴绝对地自由，村庄的任何一棵树，只要我们想爬就爬；任何一个鱼塘，只要我们喜欢，我们就下去游泳；任何一座山，只要我们乐意，成天待在那儿也没人约束。村庄的任何一个地方，只要我们想去，我们都能去。因为故乡就是我们儿时的大家。这里的每一处我们熟悉无比，哪座山的哪棵树上有鸟窝，哪个菜园的番薯最大，哪个果园的果子最甜，我们都清楚。随着岁月流逝，曾经的山还是山，曾经的塘还是塘，可是再也没有四处野逛的孩子了。故乡一座座山也显得如此的空旷，如此的孤独。

这些山名，至今我都无法用文字把乡音翻译过来。长满茶树的山，随着岁月奔走，它显得如此的苍老，如此的孤独，越来越多坟墓聚集在茶树间，聚集在山上。我想每年的春天这些茶树上一定会长出又大又嫩的茶耳朵，因为这些树都是逝去的乡人所培育的。

那水

甜不甜家乡水，我爱家乡的水。

我常常听到“水是生命之源”，可是小的时候却根本无法理解，而现在理解了，却很少能喝到故乡曾经水的味道了。喝过不同品牌的水，能发现不同品牌水的味道是不一样的，而每次回家喝上故乡水井的水，才感觉如此亲切，感觉水都涌进了自己的每一根血管。我知道了，家乡的水不仅仅解渴，还解愁。

我为自己生活在这样的故乡感到很欣慰，因为在我的记忆中，我的童年是紧紧地跟故乡联系在一起的，与这里的每一片土地、每一座山、每一棵树、每一亩稻田……村庄里的每一个角落都留下了我童年的印记。

我还记得小时候邻居给我取了个外号叫水牛。我至今不知道她当时为什么给我取这么一个外号，不过我并不反感，那个时候几乎每个孩子都有一个外号。等大家都稍微长大了点，人们也就自然不会这样叫了。这个时候，我才感觉自己长大了。之所以叫我“水牛”，难道是因为我喜欢游泳的缘故？但是我又觉得不对，因为那个时候不管是大小孩还是小小孩，不管是男孩子还是女孩子，只要看到水塘，炎炎夏日，谁不会跳下去戏水？故乡的孩子与水有缘。

那个时候，全村人日常饮用水都来自村民们集体打出的几口大水井。我所知道的水井就有四口，村民们最喜欢在每天清晨和傍晚来井边挑水，每户人家都有几口大大的水缸，日常用水都是当天挑。我所知道的是不管怎么挑，水井里的水似乎都是那么多。除非遇到大旱的年景。当井旁的大水塘都干枯时，水井里的水也见底了。我记忆深刻的一次旱灾，有两个多月没有下雨，村庄各处的水塘都奄奄一息了。水井里的水全靠地下泉眼里冒出来的那点。为了日常的饮用水，有人甚至半夜把木板横在井口，就地休息，隔一会儿，就下井用一个小桶装一桶水上来。如今当我走过这几口井时，它们都披上了绿绿的衣裳，井边的石板上是如此的粗糙，石与石之间长满了青青的野草，一个个从水井延伸出去的台阶藏在草丛里，水井内壁的苔藓已经将一块块石头裹得严严实实的，石缝里还有不知名的草喝着清凉的井水，舒展着自己的身姿。原来大大的井，感觉缩小了很多。往下一看，水中还有几只青蛙惊恐地望了我几眼，有的就潜到井下去了，有的钻进了石缝。我从井水上居然无法清晰地辨认出我的影子。我知道这口水井已经被人们废弃了，我相信大多数老井的命运都是一样的。这些曾经哺育过多少生命的井，就这样被遗忘了。我知道我就是喝它的水长大的。小的时候，熬不住夏天的炎热，我们兄弟仨，经常手提一个系着长绳的小桶，来到井边，打桶水，从头上往下一浇，那种凉爽中带有些冰冷，就如冬日里往脖子里放进了一块冰。

那会儿冰箱还是一个稀缺物件，记忆中村里没有听说谁在用，而父亲却有办法让自己的啤酒变成冰冷冰冷的。每到夏日，他就会把啤酒瓶用绳子缠在桶里，然后幸福地提着桶往井中慢慢地放去，等井水溢进桶里，桶慢慢地往下沉，父亲慢慢地放手，最后仿佛从井底传来了轻轻的一声触底的声音。几个小时过去了，我拉着绳子轻轻地往上提，水桶和啤酒瓶浮出水面，当我的手拿到啤酒瓶时，那种冰冷真是钻心的。井水冻啤酒，井成了天然的冰箱。后来，我们把李子、杨梅都想着法子放到井底去冰。那会儿是多么的幸福，这一口口井装载了多少童年的记忆啊！村民们每年都会给这些大水井举行隆重的清扫活动，附近的青壮年都来出力。而现在我知道，这项传统已然被遗忘了。

如今家家户户都在离自己家最近的地方打下一口

井，然后装上自来水系统，每天只要按动开关，就有源源不断的水抽上屋顶的大水桶里，水龙头一开，水就哗哗地流出来。而我们却再也不会像对待大井里的水一样，打起来就大口大口地喝了，也无法感受到大井里的水接触肌肤的冰凉。有的人家用上了桶装水，我不知道这桶装水是不是真的就比那口老井流出的生命之水更干净。大部分家庭也早用上了冰箱。老井没有变，但是我知道老井里的水可能变了。在故乡变化的同时，故乡的水也在变。

故乡除了那几口老井外，我清清楚楚地记得，小的时候几乎每座山脚下都会有人挖下一口井，并且放下一个带有缺口的碗。这些好事至今都不知道是谁做的，但是可以肯定的是，那都是故乡的人。他们是为了方便路过的人能喝上一口清凉的水。长年累月都有源源不断的水从源头里冒出来，如此清凉，如此甘甜。我们喝下的不仅仅是水，也喝下了祖先们的祝福。因为每座山上都静静地躺着故乡的人。他们死后守护着这座山，也守护着这里的水。我放牛的时候渴了，跑到山脚就能找到这样的小水井。大人们也常常告诉我们，渴了就找这样的小水井，放心地去喝。说也奇怪，这么多年过来，我也从未听说有谁喝了那些井里的水闹肚子的。这些井从来都是那么干净，没有一点垃圾，好像有人定期进行清扫，又好像没有。

甚至有的时候，实在找不到水井，渴了就找到附近的水塘，瓢起水就喝，依然不会害病。故乡到处是水，到处是能喝的水。

而现在水塘的水不但不能喝，就连游泳都无法下身，因为那些养鱼的人为了鱼儿能快速成长，挑的都是动物的粪便。那一车车的大粪往水塘里倾倒而去，把留在童年里有关游泳的美好记忆都彻底地抹去了。村庄最大的两个水塘，一个叫低方塘，一个叫大水塘，这两个水塘是最先遭殃的。现在从它们的旁边走过，都能闻到一股恶心的臭味。我不知道，鱼真的能在这样的水中畅游吗？现在回到家乡，喝的水都是要烧开后，装到一个小缸里，然后想喝时再倒出来喝。怎么和小的时候如此相似，只是大缸变小缸。

我多么想回到儿时的故乡，回到那时的水塘、那时的水井，喝上一口那时的水，恋上那水的味道，那就是故乡的味道。

那天

值得骄傲的是，不管我什么时候回家，我都能找到小时候的天空，岁月如何地洗礼，都无法改变它的容颜。

至今故乡的天空依旧穿着它那件天蓝天蓝的衣裳，

蓝得如此透明，如此深邃，衣裳上依然镶嵌着片片白色的花朵。小时放牛，我常常躺在草地上，双手枕在头下，痴痴地望着天空，看着白云在悠闲地散着步。天空没有一丝丝杂色，蓝白分明，有时当然有乌云，但是别无他色。那是如此纯洁的天空。随着岁月的流逝，故乡天空下的那片土地上，发生了翻天覆地的变化，这里的一座座坚固的楼房代替了曾经的土房，一条条宽阔的水泥路早早地驱赶了曾经泥泞的小路，一亩亩稻田再也锁不住充满梦想的青年，一代代人匆匆地来也匆匆地走了，可是这片天空却依然眷恋着它注视着的这片土地。

小的时候，我没有见过海，也不知道海是什么，却常常能梦见自己掉进了一个无边无际的水塘里，一直往下沉，往下沉，一直沉到把自己吓醒，许是因为我经常注视浩瀚夜空的原因。每到夏夜，熬不住屋内的炎热，全家都拿着凉席来到屋外吹吹凉气，往往上半夜都会在屋外沉睡，等下半夜凉气袭来，全家才会转移到屋内继续进行下半夜的美梦。夏夜，庄户人家，家家门口的平地上都睡满了人，热闹极了。虽然劳累了一天，但是睡前的唠嗑是少不了的，谈天说地，有的大人还喜欢串门，三五成群地坐在巷子里聊个没完。小孩子们有的也凑在大人的旁边似懂非懂地听着，有时还会胡乱地插上几句话，而我却喜欢一个人静静地躺在家门口的凉席上，呆呆地望着深邃的天空，有时还会产生莫名的恐慌。

夜晚的天空，到处是星星，我想星星也像我们一样，白天太热都躲起来了，一到夜晚，都在天空乘凉、聊天呢。夜晚的天，黑中又带些许的亮，黑中还带些许的蓝，黑得一点都不纯粹，我能清清楚楚地看到天空上的一切。星星们三五成群地打着灯笼，拉拉扯扯地在天上嬉戏着，我总是替它们担心，生怕它们一不小心就撞倒自己的同伴。夜的天空，是星星的天，它们有的喜欢热闹，成百上千地聚集在一起，举行盛大的集会；有的却三三两两，在一个安静的地方细细低语；而有的星星也像我一样，喜欢独自静静地待着，俯视这片土地，我猜想它肯定同样在望着我；还有的星星总是忘不了炫耀自己，一闪一闪发出耀眼的光芒，要与其他的星星一比高下。与白天的天空相比起来，我更喜欢夜晚的天空。夜的天空，一样的美，夜一样有悠悠闲逛着的白云。那些经不住热的白云，也从家里赶来凑凑热闹。再往远处望去，一缕缕青烟似的白云，轻轻地、慢慢地穿行在星河之中，仿佛给星河披上了薄薄的纱衣，星星在白纱之中若隐若现，我想这就是美丽的银河。而月亮不紧不慢地穿行在白云之间，一下子就把夜空中白云害羞的脸蛋照得透亮透亮，吓得那些偷偷溜出家门的白云撒腿就跑。所以家乡夏夜的夜空，月亮是寂寞的，那些白云们个个离得它远远的，它孤独地在天上行走，它本想玩玩藏猫猫，却找不来藏身之处。它只有把手伸向大地，摸摸房屋、摸摸大树，有时还调皮地落在那个正在巷子里谈天说地的村民身上。村庄在调皮的月亮的照耀下，变成了另外一个白天，特别是农忙时节，有的人家躲避白日的炎热，这时正好全家拿起镰刀，走向稻田劳作起来。夏夜的天空是如此的美丽，我常常想，要是能摘下一颗星星那该多好啊！所以小小的我，痴痴地望着天空时，常常把手放在眼睛前方，透过手指缝，我仿佛已经触到了天空，摸到了星星，摘到了月亮。

那时多么迷恋那缀满星星的天空，有时也害怕星星掉下来砸到自己。过了炎炎的夏日，夜空的星星就会越来越少。我还是怀念夏夜的天空。

相比夏夜天空的浪漫，一年四季白日里故乡的天空就更现实些。白日的天空，是家乡人的一个很好的天气预报，特别是在农忙时节，个个农人都摸透了它的脾气，个个都会察言观色。春季，天空就像一个爱哭的孩子，隔三岔五地来那么一场雨，把故乡的土地给淋个透；夏季的天空是最美的，蓝蓝的天，白白的云，夜晚有那会眨眼睛的星星，有孤独的月亮，也有那悠闲的白云；进入秋冬季节，故乡的天空更多的是低调，我想它的低调是为夏季的美储存更多的能量。

在我心中，故乡的那片天永远都是那么蓝，蓝得那么迷人，都点缀着无数的星星，都是那么的浪漫。

那人

我从故乡来，就知故乡事。我是故乡人，当知故乡人。

我的故乡永远是我小时候的故乡，那时的记忆是那么的美好，那些陪伴我共同成长的小伙伴们是我最亲近的故乡人。我们一起攀爬那一棵棵梧桐树；我们一起畅游大水塘、低方塘；一起去偷地瓜；一起在故乡静静的炎热的中午去钓鱼……可是当我独自回到故乡，再也找不到儿时的那一片片梧桐树了，曾经和我一起玩耍的熟悉的故乡人，不知道在哪里。虽然我们知道大家都回来了，可是要再照个面却是那么的难，故乡显得如此的宽大。走在故乡的土地上，我常常能辨认出那些生活在故乡的人：曾经与我们现在同龄的青年，而今岁月无情地带走了他们昔日的容颜，他们变成了一个个苍老的人；曾经与他们现在同龄的人，再也不能在故乡的那片土地上行走了，人们再也听不见他们在故乡的老巷子里谈论着他们这辈子的故事了；曾经比我们小时候还小的孩子们，当我离开故乡去往都市生活的时候，他们和故乡的故事我再也无法知晓，他们的容颜留给我的只有陌生，唯一能够证明他们和我拥有一个共同的故乡的是他们亲切的故乡话，别无其他。

一年年地，我像一只候鸟一样，回到故乡，可是它让我越来越陌生，因为这里认识我的人越来越少，我认识的人也越来越少了。越来越多的人，我只能通过询问他的爷爷和父亲，才如梦初醒般地知道对方是谁。越来越多的陌生的面孔行走在故乡的土地上，故乡开始给予他们属于他们的童年。在遥远的城市里，听到一个乡音时，我们一定能从彼此对故乡的记忆中，找到故乡村里的老树，村前遥远的紫瑶山，村里的大水塘、低方塘。不知道他们的童年是否有着我那个时代相同的经历。不过我想属于我的故乡已经在慢慢地离我而去了，我那代的人也在慢慢地苍老。直到有一天，当苍老的我，行走在故乡时，这里大部分人彻底地成了我的陌生人时，我想我是该和故乡告别了。

不知不觉，我给故乡人划分了一个个层面、一个个年代，往上的一两个年代那就是爷爷和父亲辈了，这些人我还都熟悉。爷爷辈们，已经所剩无几了，曾经他们这辈的人，在故乡这片土地上辛勤地耕耘着，带领着父辈们吃苦耐劳，在故乡的土地上演绎着岁月之歌。而当我离开故乡以后，后辈的很多很多人，我是陌生的。

故乡的变化很小，在这片土地上真的没有孕育出一个什么大人物，人们在这里安静地生活着，一日一日、一年一年地耕耘着那一亩亩土地，尽管每家每户都很是努力，但是生活年年如此。那个时候，我就知道那些耕耘了一辈子的人，生活依然如此的艰难，我想这与勤劳已经没有任何关系了，一定是方向出了问题。可是故乡的人，没有人会考虑这些，他们传承祖辈们的生活方式，继承他们的模式，一代代地生活到今天。他们的思维模式永远都是面朝黄土背朝天地生活着，没有人去寻找新的路子。当然有的人去贩卖牛犊，有的人杀猪，有的人做篾匠，有的人做木匠，有的人做瓦工，等等，那个年代，各种谋生的职业村里都有人从事，可是那也仅仅是个谋生的手段，就像种地一样。

而种地永远都是他们的主业，不管你是篾匠也好、瓦工也好，一到农忙时节，你所有的副业都得放一放，要全身心地扑到那一亩亩的稻田中去，抢收才是他们最主要的任务。一年的所有工作都是围绕着稻田进行的。二十四个节气没有哪个农人忘得了，到了什么节气该做什么就得做什么，起早贪黑地去做。稻田里到处是忙着收割的人，打稻谷的声音响彻村庄。那时所有的农家都以最后一个完成收割为耻，我却不以为然，可是我的母亲却是天天像打仗似的，她说稻老一天也不行。有的人家这亩没有收割完，那亩的地就早早地病恹恹地瘫倒在水田里。这样的水稻是最难收割的。一年两季的稻子，历练出家乡人健壮的身体，那些年得怪病的人几乎没有。等到一亩亩金灿灿的水稻变成一亩亩青青的秧苗时，大家又可以开始坐在巷子里谈天说地了。不过什么时候都没有闲人，农村是养不出闲人的，只是氛围比双抢要缓和得多了。哪家都不闲，该看看田里有没有水，该挑回些好的稻秆子，以备冬天烧饭时用。小孩子该放牛就放牛，该怎么玩就怎么玩。作为农村的孩子其实最害怕的就是双抢，那个时候没有谁把你当成小孩，在稻田里谁都是劳动力。

秋割稍微要轻松些，因为不用再种下秧苗了，大家也都不像早稻一样拼命了。往往秋割一过，村里人就彻底放松了，家家大部分的好事就在这个时候去办。在我们村，人们一辈子忙碌就为两件事：娶妻和盖房子。所有的忙碌、所有的积蓄都是为着这两件大事来办的。所有人家都是等秋割后，就开始新建自己的住宅了，有钱的人家就盖大、盖好些，没钱的也得想办法盖，盖小、盖矮些，来年有些积蓄了又重新盖，为了盖房不亦乐乎。这些年故乡的一栋栋老房子不知道什么时候消失了，取而代之的是一栋比一栋样式新的楼房，可是大部分的房子几乎都是空空的，人在他乡，屋在家。接近年关，大部分在外奔波的青年们都回家了。大人们趁着这个间隙，忙着托媒人给自己的孩子到处相亲。女孩子家倒不愁嫁，男孩子家就等着抱孙子，才见一面，双方要是觉得行，就赶紧下聘礼，把婚事定了，第二年就能把喜事办了。当然也有当年就办喜事的，那再正常不过了。一年年地大家就这样生活着。说到办喜事，谁家盖楼房，周围的邻居，还有平日相处得比较好的人家，闲下来了，都会过来帮衬着，你搬砖来我挑水，一栋栋房子也就盖好了。办起喜事来，大家也都会积极地去帮忙，就像自家的事一样。特别是孩子们的婚事，大部分家庭妇女都知道村里有多少该娶妻的青年，她们只要一得空就去帮忙考察联络哪村哪家的姑娘适合谁谁，然后亲家们可能早看对眼了，就等娃们年关回家相见了。

村里的变化体现在一栋栋的房子上，人们的思想变化却很小。改革开放很久了，这里才迎来春天的故事。首先是我们的那些父辈们一个个往外出去了，我们不知道他们去哪里，不知道那些没有文化、没有知识的故乡人走在我们如今走到的城市里，他们能做些什么。而今他们跟我谈论同一个城市的时候，却感觉我们所谈论的完全不是一个地方，可是又像是一个地方。当他们再也不用奔走在异乡的时候，我们开始向城市进发了。我用了二十多年的时间，才从故乡走到这里。当我完全跳出故乡时，才知道，这个世界原来是如此，才知道故乡的生活模式已经不能跟上时代了。就这样慢慢地，越来越多的故乡人开始逃离故乡，这么一个小小的山村，人们的脚步开始踏遍祖国的各个角落，在不同的地方，凭借着故乡给予的勤劳吃苦的精神，开始了自己的追求。可是，我并不想他们在他乡也仅仅是谋生，仅仅是用一种工种来代替故乡的谋生，如果是这样的话，那么其实他们无非就是换了种模式，如同从篾匠换成瓦工。只有带着梦想才能在异乡打拼出一片天地，才能给故乡带来更多、更美好的改变。年青的一代，正忍受着对故乡的眷恋，忍受着与家人的分别，在一个陌生的地方，开始新的生活，就是为了能够更好地改造故乡，为了能够改造自己的家园。不过他们依然是为着婚嫁和盖房子进行的。这样诚然是美好、是进步的，但是这些改变真的不如思想的改变。大家把孩子养大了，最期盼的就是把自己的孩子派往城市去谋生，村中最缺乏的就是读书的氛围。读书无用论在家乡是根深蒂固的，他们不会去攀比孩子的学业，当然就不知道上大学的作用。虽然这些年来，村里的大学生不断地在增多，但是相对全国来说，这里太慢了。至今大部分人家，孩子们一到初中毕业，稍微好点的人家高中毕业，就让孩子去工厂了，大学真的是一个梦。我要说的并不是家里不供，而是这些孩子都不是读书的人，他们自己早早地就想放弃学业。城市霓虹灯早早就把他们深深地吸引了。等到他们后悔的时候，读书的年龄早已过去了。对于农村的孩子，他们的青春是十分短暂的，不读书了，务工几年就该早早地成家生子了。我的那些小学玩伴，孩子早就读一年级了，而我家的娃连上幼儿园的年龄都不到。

在故乡的那片土地上，人们年年重复着生活，他们的追求如此简单。

一方水土养育一方人。最让我牵挂的还是故乡的亲人，还是那些跟我有着同样乡音的人。

（原载于《南飞燕》2014.08）

图书在版编目（CIP）数据

小人物 / 顾启淋著. -- 北京：作家出版社，2019.3（2023.2重印）
ISBN 978-7-5212-0455-1

Ⅰ. ①小… Ⅱ. ①顾… Ⅲ. ①散文集 - 中国 - 当代
Ⅳ. ①I267

中国版本图书馆CIP数据核字（2019）第057148号

小人物

作　　者： 顾启淋
责任编辑： 丁文梅
装帧设计： 意匠文化 · 丁奔亮
出版发行： 作家出版社有限公司
社　　址： 北京农展馆南里10号　**邮　　编：** 100125
电话传真： 86-10-65067186（发行中心及邮购部）
86-10-65004079（总编室）
E-mail:zuojia@zuojia.net.cn
http://www.zuojiachubanshe.com
印　　刷： 固安兰星球彩色印刷有限公司
成品尺寸： 152 × 230
字　　数： 141千
印　　张： 15.75
版　　次： 2019年6月第1版
印　　次： 2023年2月第2次印刷
ISBN 978-7-5212-0455-1
定　　价： 48.00元
